万葉の語る
天平の動乱と仲麻呂の恋

中津攸子
Nakatsu Yuko

コールサック社

中津攸子『万葉の語る　天平の動乱と仲麻呂の恋』

目次

〈資料〉古代天皇家系図　6／藤原氏系図　7／八世紀の留学生・学問僧　8
養老度と勝宝度の遣唐使　9

一　仲麻呂の船出
鳥かげ　13／坂上郎女　14／噴水　17／夕べの鐘　25／春日神社参拝　28
春日の月　31／出航　35

二　玉座を狙う者
美津の浜　38／薄雲　39／千本の袈裟　43／施米　45／勅命　47／尼僧還俗令　48
仏子に寄す　54／音那表彰　56

三　皇位継承の条件
血筋　61／藤原四兄弟　66／宴　71／勅の回収　76／大宰帥　79

四　藤原氏の明暗
基皇子誕生　86／中衛府長官　88／皇太子病没　90／讒訴　94／邂逅　97
五　長屋王の自決
安宿媛を皇后に　101／密告　106／衛士動く　112／火急の報　114／武智麻呂の力　120
糾問　123／勅許　128／自決　134
六　天平の遣唐船
古麻呂の誓い　139／光明皇后　143／藤原政権の確立　146／慕情　150
玄宗皇帝に拝謁　153／仲麻呂帰れず　162
七　疫病流行
潮鳴り　173／鏡　176／疫病流行　184／大伴子虫、東人を斬る　187／藤原広嗣の乱　191

八　大仏開眼
大徳行基　198／聖武天皇の発願　204／都定まらず　209／安積皇子の暗殺　214
黄金献納　215／正倉院御物　221／第十一次遣唐使　225／大仏開眼　230

九　仲麻呂帰国の途へ
栄叡と普照　234／席順に異議あり　238／鑑真和上乗船　240／在唐三十六年　246
古麻呂の便り　249

十　月光
六角灯籠　254／月光　259

著者略歴　266

古代天皇家系図
（中津攸子作成）

＊数字は歴代

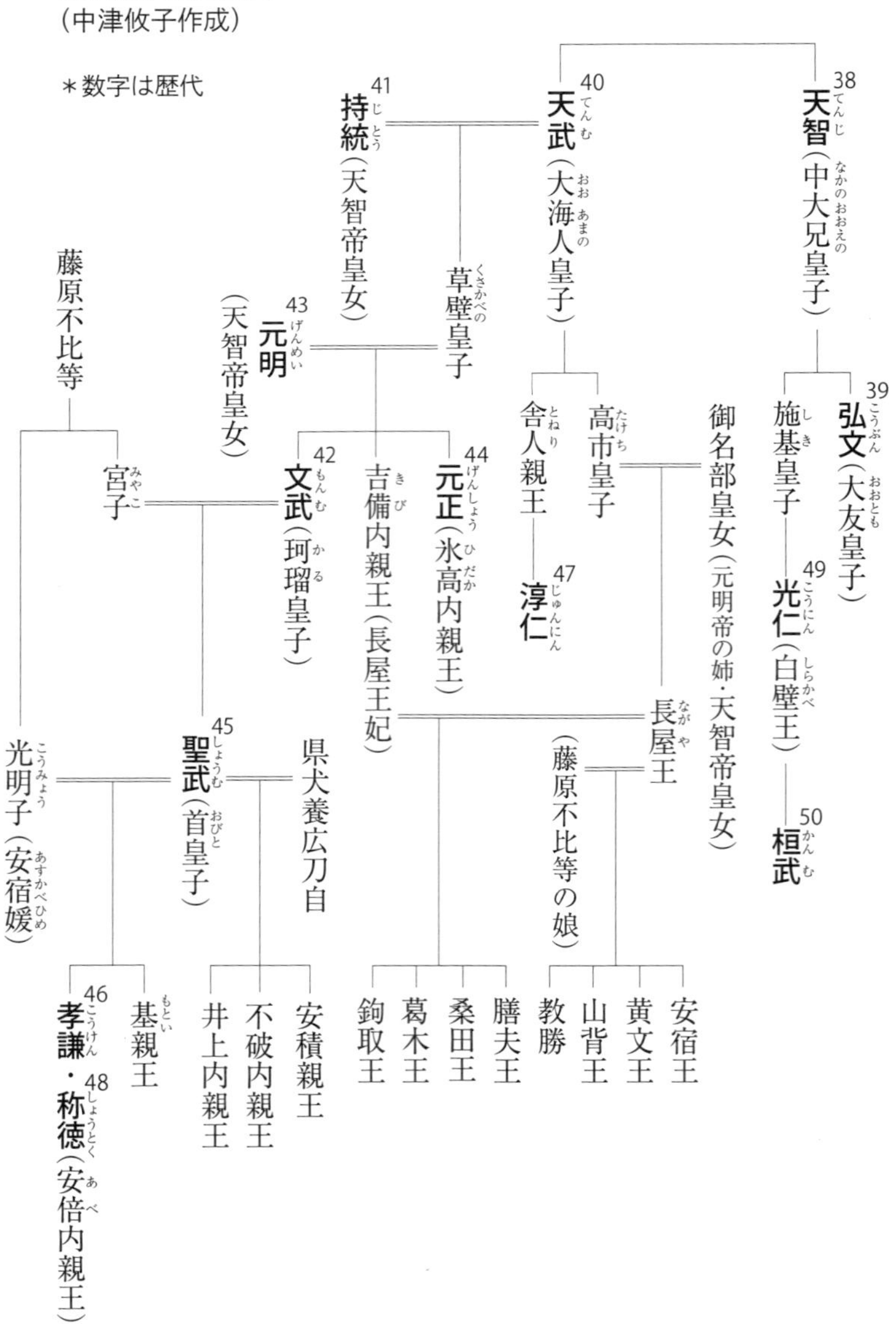

藤原氏系図
（中津攸子作成）

＊数字は歴代

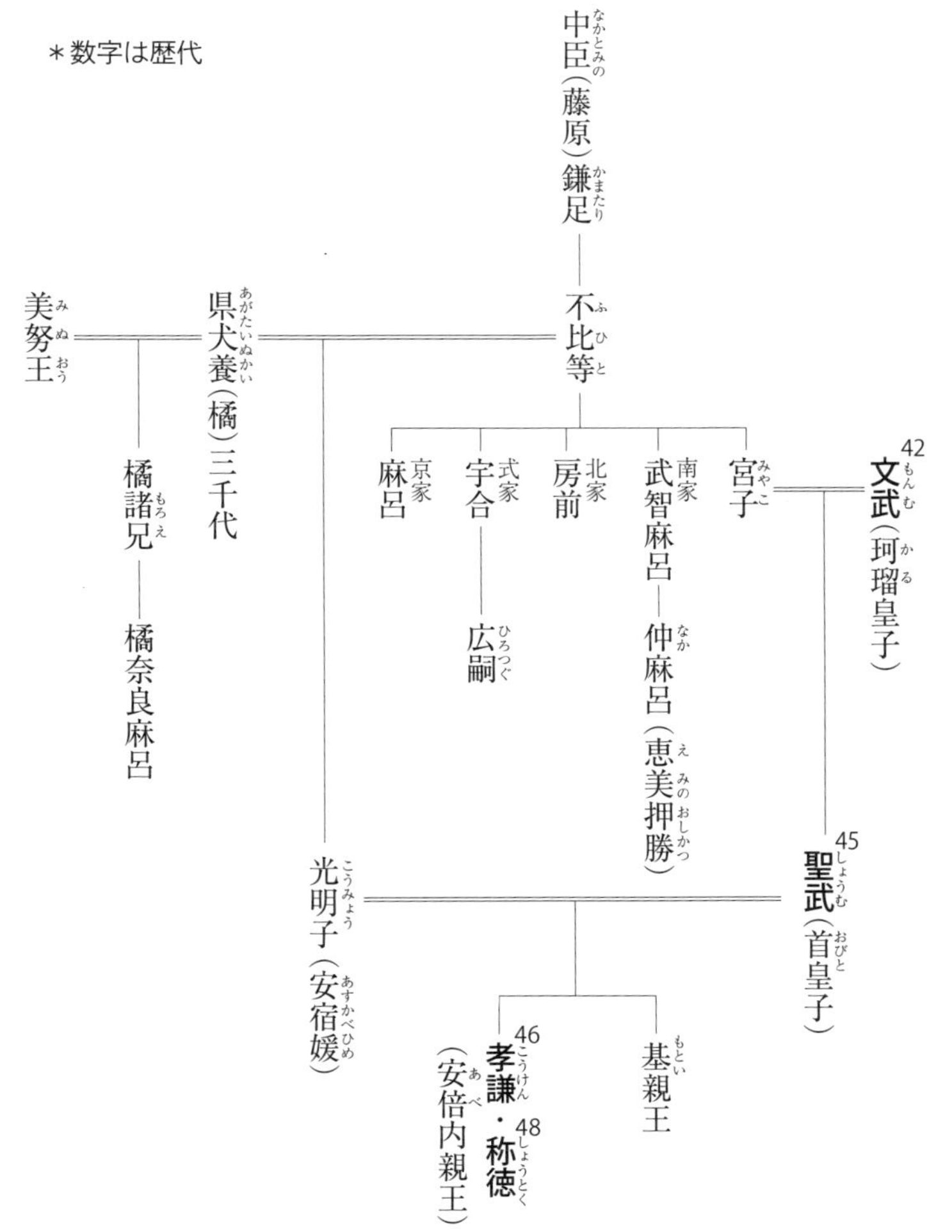

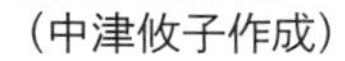

八世紀の留学生・学問僧

氏名	入唐	帰朝	在唐年数	備考
道慈	大宝度	養老度	十七年	
弁生	大宝度	客死	?	
勝暁	?	養老度	?	
大和長岡	養老度	同上	―	諸益生
阿倍仲麻呂	養老度	客死	（五十余年）	
吉備真備	養老度	天平度	十八年	
玄昉	養老度	天平度	十八年	
理鏡	?	天平度	?	
秦大麻呂	天平度	同上	―	諸益生
栄叡	天平度	客死	（十六年）	

氏名	入唐	帰朝	在唐年数	備考
普照	天平度	勝宝度	二十一年	
玄朗	?	客死?	?	唐で還俗
玄法	?	客死?	?	唐で還俗
業行	?	勝宝度	?	
船夫子	?	勝宝度	?	
藤原刷雄	勝宝度	同上	―	諸益生
行賀	勝宝度	七八二年	三十一年	
戒融	?	七六三年	?	
膳大丘	宝亀度	同上	―	諸益生
伊余部家守	宝亀度	同上	―	諸益生

※大宝度（文武天皇）＝七〇一～七〇四年、養老度（元正天皇）＝七一七～七二四年、天平度（聖武天皇）＝七二九～七四九年、天平勝宝度（孝謙天皇）＝七四九～七五七年、宝亀度（光仁天皇）＝七七〇～七八一年

養老度と勝宝度の遣唐使（△は交代、○は唐で没）

養老度（七一七＝養老一）　四船出発　四船帰還

七一六・八・一八	任命
七一七・二・二三	拝朝
三・九	節刀授与
七一八・一〇・二〇	筑紫着
一二・一三	入京
一二・一五	節刀返還

押使　多治比県守
大使　△安倍安麻呂
　　　大伴山守
副使　藤原宇合
判官（三名）
録事（四名）（総員五五七名）

勝宝度（七五〇＝天平勝宝二）　四船出発　三船帰還

七五〇・九・二四	任命
七五一・一一・七	吉備真備任命
七五二・三・三	拝朝
閏三・九	節刀授与
七五三・一二・七	吉備真備夜久島着、後、紀伊漂着
一二・二〇	大伴古麻呂薩摩着
七五四・一・三〇	大伴古麻呂入京
四・一八	布勢人主薩摩着

大使　○藤原清河
副使　大伴古麻呂
　　　吉備真備
判官　大伴御笠
　　　高麗大山
　　　布勢人主（他一名）
録事（四名）
（録事以下第二、三船合計二二二名）

万葉の語る　天平の動乱と仲麻呂の恋

一　仲麻呂の船出

鳥かげ

鳥が一羽、西の空に消え、大和路は日暮れへと急ぎ出した。

大伴古麻呂（おおとものこまろ）は足を速めながら、

「次の遣唐船で、私も唐の都へ参ります」

と唐突に言った。阿倍仲麻呂（あべのなかまろ）は、

「では、古麻呂の来るのを、むこうで楽しみに待つとしよう」

と笑顔を向け、

「しかし遣唐使に選ばれるには、今勤めている大学寮の仕事を誰よりも熱心にやらなければ……」

と言葉を続けた。

「もちろんです。心をこめて学び、行ないもつつしんで、必ず栄えある遣唐使に選ばれ……」

「でも……」

と真保郎女（いらつめ）が言った。

「私は、古麻呂に唐へ行ってほしくありませぬ。唐の都ははるかな海のむこう、昔から唐へ向かって船出したまま帰らない船が幾艘もありますとか……。どうして生命を賭けてまで……」

「決まってるじゃあないか。唐の都大路を姉上の悪口を大声で言いながら歩くためさ」

「まあ……」

「大和言葉でどんな悪口雑言を並べようと、唐の都人には分からない。ハッハッハッ……。しかし姉上、次が大切さ。仲麻呂さまは日夜次の遣唐船の到来を待ちに待って、大和へ、そして真保郎女の胸へ……」

「こらっ！」

仲麻呂が古麻呂を追う。夕映えの中で、二人の影が淡い。

坂上郎女

「遣唐使に推挙されたのですから、長屋王（ながやおう）さまにご挨拶に行くべきですわ。長屋王さまがご承知なさらなければ、大変にお金のかかる遣唐使にはなれませんもの」

と坂上郎女（さかのうえのいらつめ）。

「だからと言って、遣唐使に選ばれた人が皆、挨拶に行っては、かえって迷惑ではないですか」

と仲麻呂。

「と思って行かれない方がいても、仲麻呂さまは行くべきですわ。長屋王さまに追従しろと言うのではありませんの。長屋王さまの素晴らしさを知って、日本にもこういう人ありと唐の方に知らせていただくためですのよ」

「……そういうことでしたら……」

「そういうことでなくっても、権力者に挨拶するのが悪いなんて、おかしな考えですわ。ご自分を何者だと思っていらっしゃいますの、青二才のくせに。あら、本当のこと言ってしまいましたわ、ホホ……でも身分の分けへだてなく、誰にでも挨拶できる方が大物ではありませんこと。

すぐ子虫（こむし）が来ますわ。古麻呂さまと真保さまをつれて。四人で行かれませ。長屋王さまはお待ちになっていらっしゃいます」

「そんなに急に……」

「私がお膳立てしましたの。仲麻呂さまが今日は時間があるということも、ちゃんと知ってましたのよ。女はこわいのです。あら、噂すれば影……」

大伴子虫が坂上郎女に気付いて、顔をぽっと染めながら、

「いらしてたんですか」

と、先頭になって近付く。

「何おっしゃいますの、ここに来て仲麻呂さまに話しておくからって言いましたでしょ。白々しいご挨拶。仲麻呂さま、早くお仕度遊ばせ、素敵にお召しかえなされませ、男は衣装ですのよ、ホホホ……」

「女は衣装、でしょう」

「と人さまは申しますけど、世の中の表に立ちやすい男こそ衣装ですの。こういうこと良く覚えていらっしゃい。私、いいこと教えておりますのよ。さあ、早くお仕度遊ばせ」

冗談とも本気ともとれる大伴坂上郎女の言葉に、子虫がしきりにうなずく。

――大伴子虫さまは、坂上郎女さまがお好きなのかしら――、と真保郎女。

「では仕度して参ります。どうぞ上がってお待ちくださりませ、戸口では……」

と仲麻呂。

「あら、私めは戸口に立って今まで話させられておりましたのよ。なぜ子虫には上がれとおっしゃいますの。あら、お困りにならなくても、冗談ですのよ。私はこれで失礼しますわ。仲麻呂さまはてきぱきと念入りにお仕度遊ばせ」

噴水

大伴子虫に案内されて、阿倍仲麻呂、大伴古麻呂、大伴真保の四人は、長屋王宮を訪ねた。じっとしていても汗ばむほど暑い日。

御所と見まごうほどに広大で、行けどもつきぬ長屋王宮の花柄の美事な塀にそって歩いたことはあっても、今まで入ったことがなかった真保郎女は、一歩入るや、その広大さに目を見張った。

——長屋王さまのお邸ですもの——

と、どこかで納得はしても。

長屋王は、壬申の乱で功のあった天武天皇の第一皇子、高市皇子と御名部皇女との間に生まれ、この時右大臣、四十五歳。

妻は元明女帝の娘、吉備内親王。二人の間に生まれた子は、皇孫として扱うとの勅が出ているほどの家柄。

血筋にせよ、地位にせよ、財にせよ、右に出る者のない長屋王宮のいくつ目かの門をくぐった……。と、檜皮葺きの優美な建物の前庭に、光を散らして落ちる噴水。

「まあ……」

と真保郎女は足をとめた。

「不思議な水の動き……それにとても美しい水と光のたわむれ……」

「今では唐の都にもこのような美しい噴水が作られているかも知れませぬが、三千世界に先がけて噴水を作ったのはわが国……」

「あっ、聞いたことがあります。斉明天皇の御代のこと……」

と古麻呂。

「百年あまり前、斉明天皇には、中国や天竺からの客を迎える宴会の前庭に大規模な噴水を作り、人々をあっと驚かせたそうです」

「でも……」

と真保郎女は首をかしげた。

「どうして地下から水があんなに美しく噴き出すのでしょう」

「水の性質を使っていると聞きました。銅管や木樋で水を運んで噴き出させ、流れ出た水は排水溝で外の川へ落としているのだそうです」

と仲麻呂。

四人が噴水に見とれているようすを、やや離れて窺っていた雑色（ぞうしき）が、やがて、

「どうぞこちらへ。ご案内申し上げます」

と声をかける。

「あっ、申しおくれました。私は大伴子虫で……」

それには答えず、雑色は、

「どうぞ」

と、再びめぐらされた塀の門を二つほどくぐって、とある流麗な館の戸口に立った。

と、若く美しい侍女が両手をついて迎え入れ、

「こちらへ」

と、広い廊下を渡って行く。

「こちらでお待ち願います」

と円座をすすめて、侍女が去ると、

「この敷物の紋様の素晴らしいこと」

と小声で言いながら、真保郎女はしなやかな指でそっと触れる。

「この屛風一つで、衛士の館が幾棟も建ちそうなほど美事です」

と、仲麻呂も小声で返す。

「何だか別の世界に来たみたい……」

と、ため息まじりに真保郎女。

室内の床も、隅々まで丹念に磨き上げられ、輝くばかり……。と、

「よう来られた」

と気さくに長屋王が声をかけながら、一きわ大きな正面の円座に座った。

目鼻立ちの整った上背のある貴公子である。

「この度は阿倍仲麻呂ほどの若者が遣唐使に選ばれ、わが国の前途が開けた思いがする」

と、長屋王は子虫の口上を聞いて、すぐに朗々とした声で仲麻呂をことほぐ。

その時、可憐な音をかすかにさせて、盆を捧げて来た先程の侍女が、四人の前にそれぞれ青
味の付けられたガラスの器を置いて、静かに退出した。

「さあ、どうぞ、今日は暑い。氷水が何よりの馳走……」

と長屋王。

すすめられて、一口飲んだ真保郎女は、その美味に感動した。

――氷水……って、何というさわやかな冷たさ――

このぎらぎらと太陽の照る日に氷がある。その不思議さえも、えも言われぬ馳走なのだ。

「こんな暑い日に氷水……どうして今頃、氷があるのでしょう」

と真保郎女。

「ハッハッハ」

と長屋王は楽しげに笑って、

「日かげに深い室を掘って、冬の間に氷を入れておく氷室が都祁(つげ)（天理市）にあるというだけのこと。冷たいものを急に飲んでは体にさわる。よく噛んで飲むことだ」

と、真保郎女を見て、

「そなたが真保郎女か。母違いの兄、旅人(たびと)と同じく豪放な感じの坂上郎女が私とは違うと褒めていたが、仲麻呂の帰りを待つと決めているのだそうな。見上げた心がけだ。

わが国の男女の交わりは、今まで気分次第であったが、それでは世の中は整わぬ。夫となる人を決めたなら終生を共にし、他夫にまみえぬ。そのような新しい型の女性を、今の世は待ち望んでいる。

仲麻呂を好いたほどの女性なら、心根もしっかりしていよう。つらかろうが仲麻呂の帰りを待ってくれ。仲麻呂は十年、十五年を待つ甲斐のある男だ」

「はい……」

「仲麻呂は経史（古典と歴史）を読み、作詩に秀でております。同じ武門の私にはそれがわが事のように自慢でして……」

と子虫。

「そうであろうとも。わが国の名誉にかけても、秀れた人材を中国に送らなければならないのだから、遣唐使に選ばれるほどの者は容姿温雅、進止容(かたち)ある抜きん出た教養の持ち主と決まっておる。

ところで仲麻呂は唐で何を学ぶ」

「まつりごとを学びます。公卿たちだけでなく、すべての人が幸せになれるよう、心をくだくまつりごとのありようを学んで帰る心算(つもり)ですが、私としましては文官として生きたいと望んでおります」

「なるほど。では仲麻呂が真のまつりごとのありようを学んで来、実践する日を待っているぞ」

「ありがとうございます」

「ところで頼みがある。机上で学ぶことと実践することとは違う。もの事は実践し、論と行ないが一枚になってはじめて世に役立つもの。頼みというのはそこだ。仲麻呂は唐朝の役人として仕え、唐朝のまつりごとのありようを身をもって学んで帰ってほしい。それには科挙に応じ及第することだ。大変だが頼むぞ」

「はい」

「達者で帰るよう……」

「はい」

「お前たちも聞いていようが、先日粟田真人や山上憶良らとともに、遣唐使として唐へ向かった大使坂合部大分（さかいべのおおきだ）がひょっこり帰って来た。

海底に沈んだのではと心配していた大分の、十六年ぶりの帰国に我々はおおいに喜んだ。

副使巨勢邑治（こせのむらじ）は十年も前に帰り、すでに活躍しているのだから。人間は持って生まれたさだめを生きているのだという人もいる……が、とにかく無事で何よりだった。

今なら坂合部大分は保養中ゆえ、船のことなど聞いておくがよい」

手きびしいと聞いていた長屋王が、若い四人にやさしい。

長屋王が鈴を鳴らすと、先程の侍女が来た。

「楼で月の出を見て帰るがいい。食事をふるまってから案内せよ」

と長屋王。長屋王が退出すると、すぐに運び込まれた馳走を、

「これは何かしら」

「魚ではありませんか、変った料理法ですが」

などと四人は楽しく話しながらいただき、やがて二層の楼へ行き、奈良の都の四方を遠望した。

「三笠山が東にあたります。もう山の端に光がさしております」

と侍女。

「長屋王さまはかつて文武天皇が吉野に行幸された時にお伴され、

宇治間山朝風寒し旅にして衣貸すべき妹もあらなくに（巻一—七九）

と詠まれたそうです。風雅も解する優れたお方……」

と古麻呂。

やがて、三笠山に満月が上った。四人は黙って月の昇るさまを見た。静寂のさ中を昇る月……。

「ああ、何と言ったらいいのか、真保さまと見ているこの月を……」

と仲麻呂。月光のしぶきを浴びて、真保の心も体もやわらかく満たされて行く。

どのくらいの時が流れたのか、やがてかすかな風が通りすぎた時、古麻呂が言った。

「仲麻呂さまには姉上しか見えぬらしい。とすると私は……」

「邪魔だと言っているのだ。邪魔だと言われて、邪魔したくなるのは人の情」

と子虫は笑う。

夕べの鐘

仲麻呂が元正女帝から、遣唐留学生として正式に任命されたのは、霊亀二年（七一六）八月八日、末広がりの日、そして静かな日中が嘘のように、夕方から嵐の吹き荒れた日。

翌日から客がふえた。

「わが子和麻呂は漕ぎ手として唐の国へ渡ってすでに十年に余ります。もし逢うことができ無事でいましたならこの度の船で何が何でも帰ってほしいと伝えてはくださるまいか。迷惑とは存じますが、これはわが子への土産とことづて。お届けいただきたく、よろしくお願い申し上げます」

などと。

仲麻呂は、家にいる時は必ず会って、丁寧に挨拶してから、多忙中ゆえと、官費で唐へ伴う従者の羽栗吉麻呂（はぐりのよしまろ）にくわしく話を聞かせ、客が重なった時には両親にも応援を頼んで応対してもらい、その整理を吉麻呂に任せて、仲麻呂自身は唐の慣例や言葉を学び、遣唐使としての心がまえや任務の学習に出かけ、帰ると復習する毎日だった。

そんな多忙な時をぬって、少しでも時間を見つけると、仲麻呂は真保郎女をさそい、大和路を歩く。

「わが国に、わずかに歴史書や歌集などの編集の動きが見えはじめたところですが、中国の歴史ははるかに長く、文物は想像を絶するほどすぐれているそうです」

「とても古い国ですとか……」

「気の遠くなるような古い歴史をもった、すぐれた国なのです。

その唐の都で長屋王さまの言われました通り、一人でも多くの人が幸せに生きられるまつりごとのありようを学んでくる心算（つもり）です。

人は誰もが幸せだと思える生き方をする工夫が必要です。しかしまつりごとにたずさわるほどの者は、より多くの人々が幸せと思える暮らしを成り立たせる世のしくみを考えなくてはなりませぬ」

「分かるような気がいたします」

おだやかな中にも、熱のこもった仲麻呂の言葉に耳傾けながら、真保郎女は幸せだった。

仲麻呂がある時は詩、ある時は陶器について、ある時は仏のみ教えについて、わき出る泉のように話してくれると、真保郎女は限りなく満たされて、風も二人のために吹き、鳥も二人のためにさえずるように感じながら、仲麻呂をほれぼれと仰ぐのだった。が、決まって、

「あっ、夕べの鐘が鳴っている。今夜は紀氏に招かれています。ゆっくり真保さまと話したいのですが、仕方がない。では……」

と、現実に真保郎女をひきもどし、大股に立ち去ってしまう。

仲麻呂が見えなくなると、真保郎女はあたりの空気が急に希薄になったような息苦しさを感じる。すると、決まって時間がゆっくり流れ出す。

春日神社参拝

散りがての梅の花が凍るかと思われるほど寒さのぶり返した日、真保郎女は古麻呂とともに春日神社に詣でた。

出航二ヶ月前である。

春日山の頂上近く、注連縄の張られているご神体の大木に、集まった人々は航海の無事を祈るのだ。

その日、遣唐使に選ばれた人々は、幾棟もの幄舎（あくしゃ）に並んでいた。百五十名を越えていようか。

やがて笏を持ち、烏帽子をつけた神官が中央に進み出て、

「オーッ、オー」

と、厳かに天なる神を呼び奉り、神の降り給うたご神木に向かってうやうやしく祝詞を奉読する。

「……つつしみ、つつしみまおす」

やっと祝詞が終わった。長い祝詞だった。

真保郎女は、仲麻呂の無事を祈る祝詞を一言半句も聞きもらすまいと耳を傾け、時のたつの

を忘れていたが、祝詞が終わるとどっと疲れを感じた。

すぐに、役人らしい初老の男が一言々々噛みしめるように、

「只今、伊勢神宮をはじめ奉り、五畿七道の諸社に奉幣使をつかわし、各社でこたびの航海の無事を祈る海竜王経四巻の読経が行なわれております。

また朝廷では、海竜王寺を次期遣唐使派遣までに建立する計画であることを、海竜王に報告する行事が厳かに行なわれております」

と報告する。

――このことほぎを、海竜王が喜んで、きっと遣唐使の安全をはかってくださる――

と、真保郎女が胸に手を当て、ほっとした仕草をしたとき、ご神木の斜め奥に急ごしらえされた舞台で久米舞が舞われた。

笛、ひちりき、和琴の伴奏がこの世ならぬひびきを聞かせ、

「みつみつし久米の子らが……」

の歌が歌われはじめると、四十人の舞人が冠をつけ、赤袍を着、沓をはいて、金の剣をたずさえて勇ましく舞い、

「撃ちてしやまん」

では、舞人がそろって金の剣をいっせいに抜く。その剣のひらめきに、航海を邪魔する魔神が即座にこの世から逃げ出し、

——無事に唐の都にお着きになれる——

と真保郎女に思わせる。

次いで太平楽が舞われた。

甲をつけ鎧を着、赤袍を着、長く裾をひいた武人たちが鉾を持ち、太刀を抜いて華麗に舞う。春日山を背にしたその舞姿は、花が咲いたかと見まごうばかりあでやかで、暖をとるために焚かれているかがり火の色を奪う。

太平楽が終わり、ほっと我に返った真保郎女が幄舎に眼を流すと、ちょうど仲麻呂は立ち上がったところだった。しかし仲麻呂は真保郎女を探すでもなく、向うへと歩いて行く。それが無性に淋しい。

やがて、人々が、三々五々帰りはじめたので、真保郎女は古麻呂と家路に向かった。

先程の神秘的な春日神社参拝の式典に酔うほど満足しているのに、夢の中をさまよっているような、うつろな淋しさがただよう。

春日の月

馬の疾走してくる音……

二人は、傍らに寄って道をあけた。と、馬は急に速度をゆるめて近づき、

「やあ」

と、明るい声をかけながら、仲麻呂がひらりと馬から降り、古麻呂に、

「馬を頼む。しばらく真保さまと歩きたいので……」

「儀式のあと、宴でもあるかと思いましたが……。馬は届けておきます。では……」

と言うより早く、古麻呂は身をひるがえして鞭をあてた。その後ろ姿を見送りながら、

「もう一度、春日の社へ……」

と、仲麻呂。

「月日のたちますのが、あまりにも早くて……」

と真保郎女は訴える。

「一日も早く唐の都に立ちたいと願う心のままで、いつまでも真保さまとごいっしょにいたいと願う私に、困り果てます」

「私も……。仲麻呂さまが遣唐留学生として選ばれましたほまれを喜んでおりますのに、一方で留学生などになられずに、あたり前の暮らしを大和でしてくださったらと、甲斐のないことを願うてしまいますの。あと二ヶ月しかございませんのね」

「二ヶ月もあるのです。一日一日大切にすれば……」

「でも……。唐に行かれましたら、十年もお逢いできませぬ」

「離れていた十年はすぐだったと聞いたことがあります。とにかく次の遣唐船でかならず帰ります」

「次の船でのお帰りをお待ち申し上げます。きっと帰ってくださりませ……」

「真保さまの待ってくださる大和へ、二まわりも三まわりも大きな人間になって帰って参ります。多治比県守（たじひのあがたもり）さま、吉備真備（きびのまきび）さま、玄昉（げんぼう）さまなど、優れた方とごいっしょですから、唐に着く前に、船中でもそれらの人々の優れたところをふんだんに学べます」

「はい。ただ……」

「ただ、何でしょう」

「十年で船が出ますでしょうか。次の遣唐船が十年先に出るか、十数年先に出るか、本当には分かりませぬ」

「何年たとうとも、私はかならず真保さまの許へ帰って参ります。それにものごとは明るく考えた方がいいのです。明日はかならずいいことが待っている――というように。人は自分を慰め、励ますように心を働かせた方がいいのです。五年で船が出るかも知れないではありませぬか」

「ええ……、五年は無理かも知れませんけれど、でも私はいつまでもお待ち申し上げます。この大地がなくならない限り……」

仲麻呂は、瞬間、体をふるわせるようにして真保郎女を見たが、さり気なく、

「月が昇りました」

と、東の空に昇った月を指さした。その時、山路に月光が届いて、あたりがぽっと明るくなった。

「あの月は唐の都にも照る月です。夜ごと真保さまとともに、同じ月を仰いでいるのだと思えば、たとえ身は離れていても、心を通わせることが出来ます」

「はい。同じ月を見られるのですもの……でも、十年ってこわいほど長い。仲麻呂さまが行ってしまわれたら、淋しさに押しつぶされてしまいそうな気がいたします」

「真保さま。この月のやさしい光に身を任せていると、この世に耐えられないことなどないと

思われませぬか。月の光のふる限り、この世に耐えられないことなどない……と」

「ええ。多分……」

二人はそれきり黙っていた。ふんだんな月光の中を、風が幾度通り過ぎても……。

やがて仲麻呂が言った。

「寒くありませぬか」

「いいえ」

仲麻呂は真保郎女の布領(ひれ)をそっと広げて肩にかけてやりながら、

「真保さま、私は、きっと真直ぐに真保さまの許へ帰ります。そして真保さまに出来るだけ幸せになってもらいます……。ただ、人は願えるだけで、本当のところどうなるかは、み仏にお任せするしかありませせぬ」

「……」

その時、真保郎女は突き放されたように感じた。たしかに人は願うことしかできないと知っていながら、それを言葉に出して言うことが、恐ろしく、悲しく、冷たく感じられた。

「ご存知の通り、遣唐船のほぼ半数は海に沈んで帰りませぬ。もし、次の船で私が帰らなければ、海の藻屑となったとき。そのときはどこぞへ嫁ぎ、幸せになってください」

「そんなおそろしいことをおっしゃらないでくださりませ。私は仲麻呂さまをいつまでもお待ち申し上げます」

「しかし……、海の藻屑と消えた時は、待っていただいても二度と帰ることはないのです」

「そんな不吉なことをおっしゃらないでくださりませ。私は何年でも、何十年でもお待ち申し上げます。狂ってしまわない限り……」

仲麻呂は、思わず真保郎女を無器用に抱きしめた。が、すぐにその腕をほどき、

「今夜の月を忘れませぬ」

と。

出航

四艘の船は五色の布で飾られ、港は見送りの人でごった返していた。

松に身を任せてぼんやりしていた真保郎女は、背後から肩を軽くたたかれた。

「行ってくるよ」

と、仲麻呂が、顔中笑顔で立っている。

「次の遣唐船できっと帰る。それまで体に気をつけて……」

「……」

もう一度お目にかかれたら……あれも言おう、これも言おう、手短に……と、もう逢えないと知りながら言葉を探していたはずだったのに、仲麻呂に逢うや、探していた言葉のかけらも浮かばず、どっと涙があふれ出た。

「三笠山の月を忘れない。月を見て真保さまを偲び、逢える日を数えているよ。じゃあ行ってくるから」

仲麻呂は、真保郎女の涙をそっとぬぐうと、その布をわしづかみにしたまま大股に離れて行く……。

船に乗るとき、仲麻呂はふり返り、真保郎女のいる方へ手を振った。真保郎女にはその姿が涙ににじんで見えたのだが……。

すでにすべての準備は整い、高津神社近くに造られている高麗館から、勅使も美津の浜に出て来られ、一段高い場に座を占めている。

船は遣唐使として旅立つ人々を乗せ、刻々と迫る船出の刻を待ち、鉛色の海は静まり、空は青さを忘れている。

にぶい光の中を飛ぶかもめ。

——天かける鳥になりたい。

鳥になって仲麻呂さまの行かれる

唐の都へついて行きたい——

真保郎女には、空をかける鳥がまぶしいのだ。やがて船はゆっくり動き出す。

鳴り渡る銅鑼、太鼓……、海上を泳ぐ五色の布……。

——行ってしまう。

本当に行ってしまう——

真保郎女は呪文のように同じ言葉をくり返す。

二　玉座を狙う者

美津の浜

真保郎女は、時間をみつけては、遠路をいとわず難波の美津の浜へ出かけて行った。

唐へ行くと決めていた古麻呂は、故郷の美しいいくつもの風景を心に刻んでおきたいとの思いもあって多忙の中を、三度に一度は真保郎女につき合い、二人で馬を馳せた。

真保郎女は美津の浜辺に立つと、決まって海水を掌にすくう。

今、遠い海上で仲麻呂さまの見ている海の水と思うと、なつかしさで涙ぐみたくなるのだ。

離れて人は本当の恋を知るのだろうか。

海の水をすくってはこぼし
……すくってはこぼし……

姉を気づかいながら、海の彼方の雲を見、唐国へ旅立つ日を夢見る古麻呂。

薄雲

仲麻呂が旅立って四年たったある日、古麻呂と真保郎女は長屋王に呼ばれた。

長屋王宮では、高楼の新しい丸木材の組まれているのが遠くからも見えていたが、近づくと、

「まあ、雲の上で人々が働いていらっしゃるみたい」

と、真保郎女は感嘆の声を上げた。

「長屋王さまのお邸に伺うたび、何かしら清々(すが)しく新しい息吹が感じられます。とにかく活気に満ちていられる」

と古麻呂。

二人が内門から一歩入った時、肩を落として退出する身分のありそうな公卿とすれ違った。

古麻呂は丁寧に礼をしたが、公卿は古麻呂に気付かず、伴の者が丁寧に礼を返してから公卿を追う。

二人の姿が見えなくなると、

「どなたですの。ご身分のおありそうな……」

と真保郎女。

「今をときめく藤原房前(ふささき)さま」

「まあ、あの方が房前さま……。門前の立派な輿を、どなたのかと思いましたが……。房前さまのご祖父鎌足さまは、天智天皇から絶対の信をいただいておりましたとか……」

「その子不比等さまも優れた方で、地盤を固められ、孫の代となった今も藤原氏の権勢は日の昇るごとく盛んで、対し得るのは長屋王さまただお一人……」

雑色(ぞうしき)が近づいて、何もかも承知しているように、

「古麻呂さまでござりましょう。どうぞ、こちらへ」

と案内に立つ。

二人が広い廊下を通り、奥まった一室に案内されると、すぐに長屋王がやって来て、いつもの通り気軽に、

「呼びつけてすまなかった」

とわびてから、

「参議(房前)に逢わなかったか」

と聞く。

41 —— 玉座を狙う者

「はい。いつもと違って、何かお考えのご様子でした」

「馬鹿げた話よ。参議ほどの男が、太陽に薄雲かかるは玉座を狙う者のいる予兆と天文博士が言ったと伝えに来た」

「……はい」

「天文博士は、この統治された御代に、玉座を狙う者がいるために薄雲が太陽にかかったと言うのだそうな。

　百歩ゆずってもしそうだとしても、各々が心をひきしめ、身をつつしんでまつりごとにあたれば予兆を消し、悪事の入り込む余地などない。

　ここのところを参議は分かっていながら、武智麻呂（むちまろ）らを説得できず、玉座を狙う者を探し出し、罰すべきだという兄弟にふりまわされ、それを言いに来た。情ない話よ」

「……はい」

「いたずらに世を騒がし、罪人を作るは、正しいまつりごとのあり方でない。あやしきは罰せず、悪い予兆を警告と受けとり、互いに身をつつしめば足りること」

「その通りと存じます」

「そうであろう。古麻呂ほどの若者に分かることを、参議は己れの兄弟に承知させられず、予に手を打ってほしいと言って来た。あまりの女々しさに、放っておけと言ったところ、しおれて帰ったのだ。ハッハッハ」

千本の袈裟

「真保郎女は仲麻呂のおらぬ生活に慣れたかのう」

「はい。少しは……」

「淋しかろう。しかし仲麻呂が唐で学ぶのは、己れのためでなく、日本のためだ。女子といえども、待ち続けることは世のためにつくしていることになる」

「はい」

「ところで二人を呼んだのは頼みがあってのこと。実は唐国の和上と呼ばれるほどの高僧をわが国に呼びたい。人心を正し、世を正し、未来永劫に住み良い日本（やまと）の国を作らねばならぬ。その礎を作るために、優れた僧を唐国全土に広く訪ね、わが国に呼びたいのだ。

そこで二人に頼みがある。

唐国全土に配して恥じぬ美事な袈裟千本を織ってほしい。その袈裟に、後日、和上よ、わが国に真の仏法をお伝えあれとの偈を刺繡するが、とりあえず仕事にかかってほしい。経費については古麻呂に任せる。費用を惜しまず良いものを工夫せよ」

「はい。力をつくします」

「和上の心を動かすほどのすぐれた袈裟を頼む。今日はこれから元正天皇にお目にかからねばならぬ。せっかく来ていただいたが、鶴など見てゆっくりして行くがいい」

と長屋王は早々に部屋を出た。

中庭への途上、広い部屋で、何十人もの人が熱心に筆を動かしている。その筆の紙に文字を書く音が聞こえるかと思うほどの静けさである。

「何をしていらっしゃるのでしょう」

とささやく真保郎女。

「大般若経を写していられるのです。これで二度目の写経です」

「二度目……」

「長屋王さまは、高価な紙を十分用意し、ご自身の力でこの人々をやとい、大般若経を後世に伝えるため、また文武天皇やご両親のご冥福を祈られるため、写経をなさっておられるのです。長屋王さまの目は、何百年、何千年もあとの日本のありようまで見ておられます。

その広大なみ心のままで、姉上が悲しまれていると思われ、姉上にふさわしい意義ある仕事をお頼みくださる。厳しいお方ながら、心根はこの上なくやさしく、あたたかいお方……」

「その長屋王さまほどのお方が、古麻呂をご信頼くださって、うれしゅうございます」

施米

「薄雲太陽にかかり、玉座狙う者ある予兆を、右大臣（長屋王）はにぎりつぶしたそうだ」

と藤原麻呂。

「おかしな話とは思われぬか。元正天皇の身を思われれば、玉座を狙う者ありと耳にするや、即座に罪人を探し出し、罰さねばならぬはず」

と宇合（うまかい）は不服そう。

「おおかたその張本人が右大臣その人ゆえ、探し出し罰せられぬのではないか。ハハハ」

「ハッハッハ」

藤原四兄弟は、心の底から笑った。もちろん誰一人、長屋王が玉座を狙う者とはつゆ思っていないのである。

「昨年の八月一日、僧俗を問わず、病気の人を慰問し、見舞いの米を渡すようはかられたが、あれは右大臣の評判を良くするためのものと思わぬか。見えすいた行為だ」

と武智麻呂は肩をいからす。

「想像を絶する財のほんのかけらを出し、良き人と思わせる。右大臣でなくては出来ぬ巧妙なやり口だ」

「それで結構人々はころりとだまされ、右大臣さまこそ人物よと……」

宇合はやや厚い唇をとがらせる。

「しかし大般若経の写経にせよ、施米にせよ、すぐれた行為ではないか」

とおだやかな房前。

「そなたは右大臣に魂をぬかれているのだ。目覚めねばならぬ。よいか。施米は長屋王の心の狭さの証。己れの利のみはかるあり方だ。一部の病人を見舞ったとて、広い日本に行きわたるはずもあるまいが、見舞われぬ者は、それと知って今まで以上にさもしい心をおこそうが……」

と、武智麻呂の語気は激しい。

「しかし、出来るところからでも良いことを行なうが上策。完全ということは、この世にはあり得ぬはず」

と、房前が言うと、宇合は、

「そんなことでは右大臣に食われてしまいますぞ。長屋王という人物のこわさを知らねばなりませぬ」

と、やや力んで言う。その言葉を受け、

「気をつけねばあぶないのだ。………近頃では多治比池守まで、右大臣に心を寄せはじめている。頼みの房前がこのありさまでは、今の公卿ことごとく、われら藤原の勢力拡大を喜ばぬと見ていい。ところで……」

と、武智麻呂は急に声をひそめる。

勅命

元正天皇の勅が出された。

「朕は日夜、人民のことに心を労しているが、卿らの助力がなくてはどうして治めえよう。もし国家を益すると信ずることがあれば、かならず直言するように。かげで当代の政治を口にするようなことがあってはならない」

と。
長屋王の口ぶりそのままの勅である。
この時、

右大臣　長屋王
大納言　多治比池守
中納言　藤原武智麻呂
中納言　巨勢邑治
参　議　藤原房前
参　議　大伴旅人

の六人がまつりごとの中心にいて、武智麻呂以外の者が長屋王に心を寄せていたのだから、長屋王の理想を実現することはさして困難ではなかった。

尼僧還俗令

農家に人だかりがしている。

通りかかった古麻呂には、噂に聞くあやしげな尼僧の群れ、とすぐに分かった。

数人の尼僧が、戸口にうずくまる農婦を囲むようにして数珠をまさぐり、ひときわ大きな尼僧が、

「もしわれらに恵まずば、必ずやこの家に悪事が起こるであろう」

とおどしている。貧しげな中年の女は、おそるおそる顔を上げて、

「今夜、子供に食べさせるものとてありませぬ。どうして布施が出来ましょう」

と、額を土間にすりつける。しかし尼僧らは平然と、

「持ち物はすべて出しなされ、これはみ仏の命令です。出し惜しみをしては、悪事がこの家に起こりますぞ」

と、ふたたびおどす。古麻呂はとっさに、

「何も出すには及ばぬ」

と、後方から声をかけた。

「何者！　仏法の邪魔だていたすと、その方にもたちどころにたたりがありますぞ」

「何のたたりがあるものか」

「そなたはみ仏のいかりをご存知ないのか」

「私はあつくみ仏の教えに帰依する者、そなたたち尼僧こそ、人をおどし、物品をかすめとる、尼のなりをした盗人であろうが」

「何をふざけたことを、罰あたりめが」

「慈悲を説くみ仏に、たたりがあるというのなら、その方たちこそ、そのたたりを受けねばなるまい。布施の強要とは許せぬ。早々に立ち退け！」

古麻呂が人垣を分けて前に立つと、尼僧らは口々に、

「罰あたりめが！　仏の罰があたりますぞ」

などと、捨てぜりふを残し、聞こえよがしに声高に読経しながら、引き上げて行く。

もの見高く集まっていた人々は、一人二人と去り、古麻呂も農婦を気の毒に思いながらもその場を去った。


古麻呂が、来る道すがらの尼僧の様子を話すと、長屋王は、

「形だけ仏の道に入ると見せかけて、国家の保護をほしいままに受けながら、仏の教えに耳傾けようとする気配もなく、人心をまどわす痴れ者、このような者たちは即刻還俗せしめ、真の仏法を守り、世の人々の不安をのぞかねばならぬ」

と眉を寄せた。

翌朝、朝堂院で、

「偽尼僧は還俗させよ。また不当に物資を大衆より取り、労働させる者は遠慮なく罰せよ」

と長屋王。これを聞いて驚いたのは、朝議に参列していた武智麻呂と房前。

藤原氏は権勢固持のため、納税せぬ者を容赦なく罰し、労働にかり出して富をなし、権力を広げていた。そのことを長屋王が批判した以上、必ずや藤原一族に対し何らかの具体的な手だてを打つだろうと恐れたのである。

――尼僧は還俗せよとの令が出る――

の噂はすぐに流れ、その日の夕べ、武智麻呂の邸に泉尼と名のる若く美しい尼僧が訪ねて来た。

「われらに行きすぎがありましたことは、今後改めますゆえ、還俗の儀はお許しくださりますようおはかりくださりませ」

と。

武智麻呂には願ってもないことであった。

――この若く美しい尼僧が長屋王の許しを乞えば、厳しい長屋王の思いも幾分なりともやわらぐやも知れぬ。そうすれば藤原一族のやり方への批判の矛先もゆるむ――

と。

武智麻呂は、「還俗とはおだやかでない。しかし右大臣が口外された以上、本気でありましょう。われらが嘆願するより、美しい尼僧ご自身で、直接嘆願されたがよろしいかと存じます。木石の右大臣も、あるいは動くやも知れませぬ。令の出ぬうちにお訪ねなされ」

とすすめ、泉尼はその足で、恐れ気もなく長屋王をたずねた。道々、泉尼は、

――長屋王さまが木石なら強く出る方がいい。剛を制するに剛をもってすという……――

と考え、長屋王に面会がかなうや、高飛車に、

「長屋王さまが権勢を誇れるのは、おん身が正しく祖先も正しかったがゆえでございます。ここで誤っては子々孫々に不幸のかげを落とすもと、大切なところで誤りませぬように」

と言い立てた。長屋王は激怒して、

「己れらがあやまちを犯しながら、それを省みることなく、この右大臣をおどすとは何事か。恥を知れっ」

と、きつい語調で言うと、泉尼は微笑んで、

「お言葉もっともながら、われらを還俗させてはみ仏の怒りに触れましょう。もちろんわれらに行き過ぎがあるのでしたら、今後改めますが」

「行き過ぎがあるのでしたら、とは何ごと。行き過ぎがあるからこそ、還俗せよと言っているのだ」

泉尼は、想像以上の長屋王の激しさにやや青ざめ、

「私どもの行き過ぎは必ずや改めますゆえ、還俗だけはお許しくださりますよう」

とはじめて下手に出た。しかし長屋王は、

「今まで何度も警告して改められなかったことが、どうして急に改まろう。思っただけで行動できれば、人間苦労はせぬ。おぬしらのように、行ないを正せなかった偽尼僧を還俗させるはみ仏の喜ばれること。破戒尼僧に傾ける耳は持ち合わせぬ」

と言うなり、座を立った。

旬日して、

「近時、在京の僧尼は浅薄な知識しか持ち合わせずに、まことしやかに因果をとき、戒律を守らずに庶民を誘惑している……このような状況は是非とも禁断しなくてはならない」

と還俗の令が出た。

武智麻呂は全身をふるわせた。

――この還俗の令の矛先は、次には藤原四兄弟に向けられるに違いない――

と。

この時、養老六年（七二二）、仲麻呂が唐へ旅立って五年の歳月が流れていた。

仏子に寄す

「一日も早く、和上と呼ばれるほどの高僧を求め、僧尼ともに正さねばならぬ。いずれ遣唐使としてそなたも派遣されよう。その時は真の大徳を招くために努力してほしい。これは私のためでなく、国のため、衆のため……」

古麻呂は、長屋王の高邁な理想に身のふるえるほど感動していた。

「で、先日頼んだ千本の袈裟に刺繡する偈を書いてみた」

とり出した紙には、骨太な達筆で、

「山川域を異にすれども
風月天を同じゅうす
これを仏子に寄せて

共に来縁を結ばん」

――唐の都は遠く、山川を別にする国であっても、大和と同じ風が吹き、同じ月が照り、同じ天の下にある。この偈を見られた真の仏教徒がわが国に来られ、真の法を説いてくださるよう切に願う――

とある。

――何という長屋王さまの理想。唐の都へ行き、真の仏子をこの日本へおつれしよう。それだけでも人と生まれた甲斐があったというもの。長屋王さまの夢と信頼におこたえしよう――

真保郎女のために仲麻呂を迎えに行くという私的な思いを越え、古麻呂は今、唐の都へ生命を賭けて渡る大きな目標を見出し、広大無辺のみ仏に合掌したい気持ちになるのだった。

――長屋王さまでなくては、千本の袈裟に刺繍をほどこし、唐国の和上を招くなど思いつきもしないし、思いついたところで実行できない――

と、古麻呂は思う。

「山川域を異にすれども

風月天を同じゅうす

……」

と、古麻呂は声に出して言ってみた。

誰が考えても、これ以上の偈は出来まい。

――長屋王さまがいられるから、宮中がひきしまる。正しさを通すに損得をお考えなさらぬ方ゆえと、亡き父が深くご信頼申し上げておりました……と、母が口ぐせのように言われていたが……。長屋王さまと同じみ代に生まれ、同じ大和でお逢いでき、本当に良かった――

と、古麻呂はわずかに揺れる藤房を見る。

音那表彰

「あまり根をつめられ、病になってはなりませぬ。とにかく一本を仕上げ、長屋王さまにご覧いただきましょう」

と、母と真保郎女の刺繡する部屋に、朝な夕な顔を出す古麻呂。

「あと数日ほどで出来ると思いますが、長屋王さまのお気に召しますかどうか……」

古麻呂は、満足そうに袈裟を手にとって見てから、

「この一本が出来上がりましたら、母上も姉上とごいっしょに長屋王さまをお訪ねなされませ。佐保楼からの八方の眺望は、えも言われませぬ。ぜひ一度拝見させていただきませ。

ところで姉上は、紀音那（きのおとな）さまをご存知ですか」

「ええ、亡き大伴御行（みゆき）さまのご正室……」

「その音那さまが、昨日、表彰されました」

「それはようございました。大伴御行さまは、

大君は神にしませば赤駒の匍匐（はらば）ふ田井を都となしつ（巻十九―四二六〇）

（天皇は神でいられますから赤駒の這っていた田を都になされた）と詠まれ、それはもう上の覚えが良い。そんな方ですのに、先日、織姫にまざって紅もささずに働いていられる音那さまにお逢いして、びっくりしました。

その帰り、坂上郎女さまにお逢いして、そのことを申し上げましたの。立ち話でしたけれど

……」

「坂上郎女さまは、お笑いになられたのでは……」

「ええ、男にもてない音那さまなど、見習ってはならないとおっしゃいました。男に愛されてこそ女、私は今もひそかにある男に逢いに行くところ、私を見習いませって……本当に明るい方ですわ……」

と、あでやかに微笑んで去った坂上郎女の姿を、真保郎女は思い浮かべる。

「紀音那さまは、夫の死後十二年間も操を守って身をつつしみ、行ないを正していられる。それは人のあるべき姿の手本であると、長屋王さまが、元正天皇にご進言なさり、表彰されたのだそうです」

「ご立派ですわ。都にいらして十二年間も独り身を守られるなど……」

「で、食封五十戸を与えられ、『夫存するの日、国をおさむるの道を相勧め、夫亡き後は墳を同じくせんとの意を固く守る。朕その貞節を思い、感嘆すること深し』との勅が出されたそうです。元正天皇も、先帝亡きのち独り身を守っていられ、身につまされたのでしょう。

そのうち姉上も、恋人離るるのち、その帰りを待たんとの意を固く守ると表彰されるやも知れませぬ」

「まあ、冗談を……」

「しかし今、都には一人の女に五人の男がいるとのこと。各地から衛士になったり、稲や布などの税を運んで来た男があふれ、女が足りませぬ。ですから、女に操を守られては多くの男はフラフラな頭をかかえ、仕事も出来ませぬ。で古(いにし)えのまま、夫亡きのちは好む男と寝るのが世のため人のため、長屋王さまは中国かぶれよと……」

「そんなひどいことを、どなたが……」

「武智麻呂さまなど、半ば公然と笑っていられるそうです。

ご自身は吉備内親王さまをお妃とされ、他に不比等さまの姫さま、安倍太刀自さま、石川夫人と、四人もの女性と関わりながら、人に操を保てはない、と」

「まあ……」

「権力と財力のある方は、何人もの女性を養い、貧しい人は一人の女性にもまみえない。それはおかしい……と」

「ええ、武智麻呂さまの言われることはもっともですわ。でも、武智麻呂さまとてお妃さまのみではございませぬのに、どうして長屋王さまを笑えましょう。

親王さまなら、十人の妃を侍らせるとお聞きしておりますのに、親王でいらっしゃる長屋王さまはわずかに四人。いえ、そんなことより、とにかく紀音那さまのように十二年間も操を守ることはむずかしく、表彰されて当然ですわ」

と真保郎女。

「そう思われて長屋王さまも元正天皇に表彰をとご進言されたのでしょう。しかし独り身を通したい方は通したらよく、何人かの人とつき合いたい人はそうしたらよく、それはその人の考え方、生き方次第で批判したり表彰したりするほどのことではないかも知れませぬ」

「でも……」

不満そうな真保郎女をいたずらっぽい笑顔で見ながら
「ただ、世の中の秩序を保つにはこの表彰に意味がありましょう」

と古麻呂。

三　皇位継承の条件

血筋

元明太上天皇は、天皇の姉であり、長屋王の母でもある御名部皇女と仲が良かったため、甥の長屋王をことのほか信頼し、親愛の情も深かった。しかし養老五年（七二一）秋、惜しくも亡くなられ、ご遺言があった。

「盛大な葬儀と、長期の服喪とは、私のとらぬところである……」

と、廃朝せず、棺は採色なしの白木作りとし、役夫を動員して峯に平地を作らせたりしないように、ただ常緑樹を植え、石碑を建ててほしい、というものであった。

それは長屋王の理想であり、また養老四年（七二〇）に逝った藤原不比等の、

——葬儀は簡略に、百姓に迷惑をかけたくない——

との遺言に通じるものであった。

元明太上女帝が亡くなられた後、五年間帝位についていられた元正天皇が、譲位の意志のあることをほのめかされた。

元正天皇は元明女帝と草壁皇子の子で、長屋王に嫁いだ吉備内親王の姉である。

元明太上女帝の葬儀の終えた席で、大伴旅人が、

「長屋王さまは高潔なお方、長屋王さまのほかに、次の天皇にふさわしいお方はおりませぬ」

と、突然言い出した。

「なるほど、元明天皇と草壁皇子のご長女、吉備内親王さまを妃として迎えられ、ご自身は天武天皇の第一皇子である高市皇子の子、その上健康に恵まれ、優れた才智のお方、皇位継承者としてこれ以上のお方はおられますまい」

と、巨勢邑治。

「その通りです。しかし若返りを、との声もあるやに聞いておりますが……」

と、武智麻呂が珍しく遠慮がちに言う。

「もし若返りをと言うのでしたら、膳夫王（かしわでおう）は優れた人材ゆえ推挙したいとの声は巷にあふれております」

と再び大伴旅人。

膳夫王とは長屋王と吉備内親王の第一子である。

「首皇子という声も聞いておりますが」

との武智麻呂の言葉を強くさえぎって、巨勢邑治が、

「血筋が違いましょう。膳夫王は現天皇の甥、右大臣のみ子。それにひきかえ首皇子は文武天皇のみ子とは言え、藤原不比等の養女、宮子夫人の産んだみ子。その上、宮子夫人は体が弱く、公卿をはじめ、殿上人誰一人にも姿を見せませぬ。いえ、わが子首皇子にさえお逢いにならず、首皇子はいわば母なし子……」

と並べたてる。

「宮子夫人では、血筋が問題にされましょう。噂では、とある漁師の娘であるとかないとか……」

と大伴旅人。

「天皇家は血筋が大切。たとえ藤原不比等さまの養女でありましょうとも、名もなき海女が産んだと噂されるみ子を即位させていいはずはございませぬ。血筋は重んじねばなりませぬ」

と巨勢邑治。

「文武天皇が即位されました折にも、長屋王こそ天皇に、との声がございました。そのことを思い出せば、こたびは長屋王さまがご即位なさるが当然でございましょう。房前さま、いかが」

と旅人。

「その通りと存じます」

と納得顔の房前。

「いずれ正式な会で決められること。ここで皇位継承者を誰になどと話しても仕方ございますまい。それより、穂積老と多治比三宅麻呂に謀反の計画があると、確かな訴人がありましたが、各々方には何かお聞きではございませぬか。

特に大納言（多治比池守）には遠き縁者ゆえ、何か……」

と武智麻呂は巧みに話題を変える。多治比池守は不快そうに眉を寄せたが、

「いや、一向に聞きませぬが、何に対しての謀反なのか解せませぬ。どなたが皇位を継承するか定かでない今、二人が謀反を起こそうとしたのが事実なら、狂気でしかありませぬ」

と旅人。

「先日、私は三宅麻呂さまに逢いましたが、右大臣が皇位継承者にふさわしいと、ここで我々が言っているのと同じことを言っておりました。謀反の心など、かけらもございますまい。武智麻呂さまは、そのような根も葉もないことを聞かれ、お信じなさるのですか」

と邑治はやや鋭く武智麻呂を見る。

藤原四兄弟

藤原四兄弟は、武智麻呂邸に集まり、扉をあけ放ち、誰一人近づけずに密議をこらしていた。

「右大臣（長屋王）にせよ、参議（大伴旅人）にせよ、われら藤原兄弟を蓄財の鬼とどこかでさげすんでいる。しかし、われらが今の地位を保ち、高位につくためには、さらに財をたくわえねばならぬ」

と武智麻呂。

「幸い昨養老七年（七二三）、人口増加のため、口分田に不足を来たし、三世一身法が出ている。三世でもいい、とにかく開墾し多くの土地を手に入れることだ。三代で開墾した土地を取り上げられようとも、年々想像を絶するほどの土地の開墾に成功すれば、常に多大な土地を持ち、多大な人民、多大な産物を手に入れることが出来る。そうなれば、天皇家と同じほどの旧家として、大伴家とわが藤原の先祖中臣家は並んでいても……」

「大伴家は、財においてわが藤原家に太刀打ち出来なくなる。まず財を。ついで衛士をわれらの財でまかなうとの条件で、武力を手に入れることだ。ここまで出来れば、藤原家は末代までゆるがぬ」

　と、武智麻呂は宇合の言葉に続け、得意気に弟たちを見る。

「しかし、財のならぬうちに、宮中から追われてしまっては何もならぬではないか。右大臣にはわれら藤原家は容赦なく税をとり立て、手段を選ばず財をなしていると、白眼視していられるごようす」

　と麻呂。

「もちろん、右大臣をはじめ、旧家という旧家のすべては、われらの蓄財を良しとしていない。首皇子が皇太子と決められているにもかかわらず、公卿が集まって、公然と、長屋王こそ、あるいは膳夫王こそ皇位継承者として当然、などと話すのは、宮中内外の藤原家に対する空気を知っているため。

　今、我らは何としても首皇子に即位してもらわねばならぬ。今ならまだ間に合う。どうしたら即位がなるか、一人一人の考えを聞きたい」

　武智麻呂の問いに、三人の弟は口をかたく閉ざす。ぴーんと張った時間、いつの間にか、部屋の奥まで日ざしが届き、夕ぐれの近づくことを知らせている。やがて、

「妙案がないようなので、私の考えを言うが」

と武智麻呂が口を切り、

「先日、公卿の集まった席でも、それとなく濁しておいたが、穂積老と多治比三宅麻呂を使えばよい」

と、三人を見まわした。三人はつばを飲み込んで、武智麻呂の次の言葉を待つ。

「二人が首皇子を呪ったと公表すれば良い。たとえ根も葉もなかろうとも、二人はたしかに、右大臣長屋王こそ天皇に、と言ったのだ。それは首皇子をないがしろにしたことであり、言葉をかえれば呪ったことになる」

武智麻呂は息を大きく吐いてから、

「もちろん、先日長屋王こそと言った大伴旅人にせよ、巨勢邑治にせよ、同じ立場ながら大物すぎて、手を出せばこちらが危ない。

そこで老と三宅麻呂の二人を捕らえ、首皇子を呪ったと騒ぎ立てる。さすれば数日間は誰一人、首皇子の即位に反対すまい。この間に即位を公表してしまうように、何としても手を打てばよい」

「なるほど名案。それ以外にわれら藤原家の者の生きのびる手だてはありますまい。言うなれば八方敵の中、とにかく果断に実行するしかないでしょう」

と宇合。

武智麻呂は宇合の言葉を聞きながら、

玉藻刈る沖辺は漕がじしきたへの枕辺の人忘れかねつも（巻一―七二）

と宇合が詠んだことを知って、武骨とばかり思っていた宇合が旅の宿で枕辺にいた藻を刈る娘が忘れられないと詠む、そんな情があったのかと驚いたことを思い出した。しかし果断に実行を、という宇合の方がいかにも宇合らしいと武智麻呂は頼もしく思う。

翌日、首皇子を呪った人形が出たとのことで、穂積老と多治比三宅麻呂は捕らえられ、武智麻呂邸へ引かれたとの知らせが長屋王に届いた。長屋王は激怒し、

「さしたる証もなしに捕らえるとは、人道に反した行ない。即刻、釈放させよ」

と大伴旅人に命じた。

旅人が武智麻呂邸を訪ねると、

「開墾地視察で美濃へ行かれ、まだお帰りになられてない武智麻呂さまが、どうして二人を捕らえましょう。ただ身柄をあずかっただけのこと。即刻善処します」

との返事。

――この分では話は簡単――

と、旅人は胸を撫でおろし、翌日、武智麻呂邸を訪ねて、心底驚いた。

何の詮議もせず、ただ呪いの人形の出たのが証拠とばかり、すでに早朝、穂積老は佐渡へ、多治比三宅麻呂は伊豆へ流されていたのである。

それも旅人を歓迎し、馳走など出して楽しげに語らい、

「ところで、昨日捕らえた二人の身柄をご釈放願いたいが……」

と切り出したところ、すでに事は済んでいたのである。

――恐ろしい男――

と、旅人は己れの油断に臍(ほぞ)を嚙む。

たとえ旅人が力をつくして流罪をとり消そうとも、流罪にされたという先の印象の方が、人々には強く、穂積老と多治比三宅麻呂の前途は閉ざされたのだ。

そうこうしている隙をぬって、元正天皇は二十四歳の首皇子に譲位された。神亀元年(七二四)二月、聖武天皇の誕生である。

宴

聖武天皇の即位に伴い、長屋王は右大臣から左大臣に昇った。元正太上天皇が長屋王を中心とした政治を考えられての昇進であった。

多治比池守には封戸を賜い、旅人、武智麻呂、房前の三人は、従三位から正三位に昇り、同じく封戸を賜わった。

長屋王は左大臣就任のお礼に、聖武天皇とその側近を招いた。天皇は輿に乗り、多くの伴を従えて来られ、佐保楼から噴水の妙なる動きを見下ろして、しばらくお言葉もなかったが、感嘆のあまり、

あをによし奈良の山なる黒木もち造れる室(いへ)は座せど飽かぬかも（巻八―一六三八）

と、たたえられた。

この日、長屋王宮内にある鷹所の鷹匠が、広大な庭で鷹を使い、獲物をとって見せた時には、若い天皇は魂を奪われたように熱心に見入られ、

「鷹には鳥とあなどれぬ気品が満ちている」

としきりに感心しておられたが、やがて、

「先年、元正太上天皇もこの長屋王宮に見えられたと聞くが……」

と言われる。

「はい、その折に、

はだすすき尾花逆葺き黒木もち造れる室は萬代までに（巻八―一六三七）

とのありがたい御歌を賜わりました」

「なるほど、瓦は本殿のみのようす、瓦は左大臣の好みに合わぬと見える」

「瓦より葺き屋根の方が私は落ちつきます。ところで、天皇にご覧いただきたいものがござります」

と、長屋王は真保郎女を呼び、

「この者は先年、唐の都へ渡った阿倍仲麻呂の帰りを待つ者」

「ほう、淋しいことよのう」

と、聖武天皇は興深げに真保女郎をご覧になられる。

「真保郎女と申します」

「この者の作りました美事な袈裟にござります。このような袈裟を千本作って、次の遣唐船に託し、わが国に和上と言えるほどの高僧にお渡りいただきたいと願っております」

と長屋王は袈裟を天皇に捧げる。天皇は偈に目を通され、

「山川域を異にすれども
風月天を同じゅうす
これを仏子に寄せて
共に来縁を結ばむ」

と、声に出して詠まれ、

「なるほど、袈裟も美事なら、偈もまた美事。左大臣の心がけの素晴らしいこと。必ずやこの袈裟ゆえに、高徳の僧のわが国を訪れる日が来よう。その日が待たれるのう」

と、誰よりもあつく三宝を敬う聖武天皇は、長屋王に尊敬の念すら抱いたようす。

食事が運ばれた。

黄金の盆に黄金の器、黄金の箸と匙、出されたのは、塩づけのカツオをごはんに漬けて自然発酵させた堅魚鮓、塩うに、鹿の干し肉、イガイとホヤの合わせもの、楡の皮の粉と小蟹の塩辛、米の粉入りそうめんにみょうが、しょうがを加えた二杯酢、アユの酢漬け、クエの干物、牛乳で炊いたおかゆに色あいよくよめ菜を添え、サザエの壺焼き、それに干し柿、草もち、煮小豆、なすと瓜の醤油漬け、焼いた竹の子、ふき、菜の花、車海老の塩焼き、とろろにわさび添え、皮をとり焼いてから干した蛸、生カキ、刻みネギの二杯酢、鴨と芹の汁……といった豪華なもの。

食事をしながら聖武天皇は、

「この佐保楼で、時々文人たちが詩を詠み、庭園では曲水の宴を催すと聞くが……」

「はい、つい先日も境部王、百済和麻呂、箭集虫麻呂、大津首、塩屋古麻呂らが集い、詩を作りました」

「その時の左大臣の詩を披露していただきたいが」

「では、つたのうございますが、初春、佐保楼にて置酒す、と題しましたもの」

と、長屋王は一礼して詠じる。

「景は麗はし金谷の里
年は開く積草の春
松烟雙びて翠を吐き
桜柳分きて新しきことを含む
峯は高し闇雲の路
魚は驚く乱藻の浜
敖泉に舞袖を移せば
流声松筠に韵く」

松筠とは松と竹のこと。やがて、もてなしの歌舞がはじまった。琴が奏でられた時、その澄んだ音に合わせるように、庭に放たれた鶴が雅びに舞う。

「ほう鶴とはこのように華麗に舞えるものか……」

と天皇は嘆息される。

勅の回収

聖武天皇が大極殿で即位の典礼を行なった神亀元年（七二四）二月四日、天皇の母宮子の呼称につき、

「天皇の母宮子夫人（おおとじ）を宮子大夫人（おおみおや）と呼ぶように」

との勅が出された。

中務省で文案を作り、房前がとりついだのである。

三月下旬、長屋王から宮子夫人の呼称について異議が出された。

「臣ら、謹んで公式令を調べますれば、天皇の母君の称号は皇太夫人と定めてあります。もし勅を守れば皇の字が失われ、令によれば勅に違います。どうしたものか、ご勅裁を……」

と。

勅に関わった人々は青くなり、藤原武智麻呂、宇合はふるえ上がった。麻呂だけは、

「私に関わりのないこと、私には大夫人だろうが皇太夫人だろうが、そんなことより眼前の酒がうまいかまずいかの方がずっと大切……」

とうそぶいて動じない。当時、麻呂は坂上郎女に恋をし、

よく渡る人は年にもありとふを何時の間にそもわが恋ひにける（巻四―五二三）

七夕の彦星が年一度恋人と逢うそのように、よく辛抱する人は一年でも待つというが、いつの間に私は本気で貴女に恋してしまったのだろうと歌うほど夢中になっていた。

武智麻呂は、

「聖武天皇の母君、宮子夫人は藤原不比等の養女ではあっても、皇族ではない。ために皇の字を遠慮してつけなかったので、令を知らなかったわけでなく、無視したわけでもない。その好意あるつつしみを逆手にとって、皇族でもない者の子を皇位につけるとは何事かと言わんばかりの長屋王の異議は、聞き捨てならぬ」

と立腹し、

「首皇子より、わが子膳夫王の方がはるかに血筋が正しく、天皇にふさわしいと公言したようなもの、何という非礼」

と、宇合も青筋を立て、さらに、

「聖武天皇の出生の秘密をあばくこたびの左大臣の発言は、臣下としてとるべき態度ではない」

と激怒した。が、誰一人、武智麻呂や宇合に同調しない。二人はついに聖武天皇に、

「左大臣長屋王は、おそれおおくも聖武天皇の母君、宮子大夫人をあざわらったのでございます。天皇の母君は、皇室の血筋でないと天下に知らせるために」

と口上した。が、聖武天皇は、

「あざ笑ったのでなく、事実を言ったまでであろう。朕（あれ）の母は、たしかに皇族ではないのだから。国を治めるには、法を守らねばならぬのは天皇といえども当然のこと。朕は勅を改めることにする。そう左大臣を悪しざまに言い、対立するでない。上が親しまねば、世の中は波立つもの」

と、かえって武智麻呂らを慰められ、翌日、勅が出された。

「文字では皇太夫人と書き、となえるときはオオミオヤとせよ。先の勅を回収し、この勅を天下に布告する」

と。巨勢邑治が、

「勅の回収など前代未聞……」

とつぶやくと、武智麻呂がやや激しく、

「誰も好んで勅の回収など致しませぬ。恐れながら左大臣（長屋王）が事を荒立てねば、この

ようなことはなかったはず……」

と反論、すると旅人が、

「正義は正義として通すことこそ、まつりごとを正すこと。左大臣（長屋王）が事を荒げたなどとんでもない。左大臣は筋を通すことだけを考えられ、事を荒立てることを極度に嫌われる方です」

と。武智麻呂には返す言葉がない。

大宰帥

「惜しい人をなくした。筋金入りの理想追求の人であったが……」

と、巨勢邑治の葬儀より帰った長屋王。大伴旅人もうなずきながら、

「正義の固まりのようなお方でした。いつぞや口分田の基礎調査で、下総の国の人口が男性百に対して女性百三十二というこの数字こそ、いかに雑徭が民を苦しめているかを示したもの……と」

「あの時は激しかった。むやみに雑徭と称して、人々を邸の改修など個の都合で働かせてはな

らぬと……、言われてみれば、女性には雑徭の負担はなく、田はもらえるのだから……」

「性をいつわって申告したり、男子が生まれると申告しなかったりする。これは民が悪いのでなく、正しく申告しては生活が成り立たぬほど、民を追いつめたわれわれが反省すべきだ……と言われまして。ある時など、藤原宇合さまの雑徭が多すぎるとつかみかからんばかりに言い争ったことがございましたが……」

「実際惜しい人に逝かれてしまった……。巨勢邑治なきあとは、そなたが唯一の相談相手、体を大切にしてくれよ」

「これは身に余るお言葉」

と大伴旅人。

「そなた（旅人）が詠んだ

　験なきものを念はずは一杯の濁れる酒を飲むべくあるらし（巻三―三三八）

は実に大らかで良い。そなたは酒は飲むが酒には飲まれない。そこが良い。先日、大宰府の長官を誰にするかとご下問があった。参議（武智麻呂）は九州は大切な防備の場、そなたこそふさわしいと推挙していたが、そなたはすでに征隼人持節大将軍として九州に赴き反乱を鎮圧している。二度行く必要もあるまい。故に大伴家の長官は代々中央にあって全国のまつりごとを行ない、一族の者が大宰府へ赴くことになっている、と進言しておいた」

「大宰府の長官を更迭する……」

「その時機なのだ。まずそなたの身内の者に長官の命がくだろうが……大伴家ならずとも、武門の阿倍家や佐伯家の者でも良いとも進言はしておいたが……、あとは天皇が善処してくださろう」

同じ刻、武智麻呂はまた四兄弟を集めていた。麻呂が席につくや、

「実は大宰府長官に誰を任命するかとの件で、左大臣には阿倍家か佐伯家など武門の者をと進言されている。しかしあの大伴の家長（旅人）は豪放で、何かと強烈な意見をいい、邪魔な存在……」

「兄上、そういうお話でしたら、よしなにお決め下されませ。長官が誰であろうと、私はかまいませぬ。今日訪ねると約束した者がおりまして……」

と、麻呂。

「女か……」

「ご想像にお任せします。私には大宰府の長官より待ち人が気になります……」

「仕方のない奴だ」

「いえ、世の中仕方のない奴がいるために、結構ぎすぎすせずうまくいくのでして、兄上のように肩ひじ張っては生きにくいもの。では」

と麻呂は膝を立てたが、すぐに、

「大伴旅人さまだけは九州へやらないで下され。九州へやられてしまっては、私の心を寄せる女が九州へ下ってしまいます」

「たわけたことを。坂上郎女であろう。あんな腰軽女はよせ。


恋ひ恋ひて逢へる時だに愛(うるわ)しき言尽(ことつく)してよ長くと思はば（巻四―六六一）

などと詠んで逢えた時くらい甘い言葉をかけて……などと男にしなだれかかる。あの女だけはよせ」

「腰軽女の味の良さを、兄上たちはお知りになりませぬようで」

「あの女は穂積親王に嫁ぎ、夫亡きのち、麻呂と関わりありとのもっぱらの噂、麻呂のためにも九州へ下らせた方がいい」

「ご冗談を。私も九州へ行かねばなりませぬ」

「しかし麻呂、坂上郎女はすでに義兄にあたる宿奈麻呂の妻となり、大嬢まで産んでいるではないか。自分を捨てた女を追うのか」

「それがまたえも言われぬ味でして、とにかく坂上郎女さまは、女らしい、しかも楽しさこの上ない女です。旅人さまが九州へ下れば、坂上郎女さまも下ります。さすればこの麻呂も行かねばなりませぬ。」

「麻呂がそうまで言うのなら旅人が異母妹の坂上郎女を伴わぬよう手を打てるのではないか」

「そう願えれば旅人さまがどこへ行こうと我はかまいませぬ。ではお先に」

「とにかく、旅人を大宰帥として任命することだ。ついては勅許は得られまい。が、幸いなことに内臣房前は令を出し得る。財を積んで手に入れた内臣の地位を、ここで使わずにどこで使おう。

　旅人を大宰帥に任命するとの布告を明日にも出すことだ。さすれば左大臣の周辺から巨勢邑治、続いて大伴旅人と、強力な二人の補佐が消える。そのあとに藤原一門の者を入れればいい」

「藤原一門……」

「大伴家と同じ武門ながら、この藤原家と親しい阿倍広庭を旅人のあとにすえればいい」

「なるほど、さすれば左大臣は阿倍氏を大宰帥にと言われていたので、参議のあとに阿倍氏を任命したと、左大臣の言を逆手にとった任命になる……」

「発表してしまえば、左大臣とてどうするすべもあるまい……」

「勅の回収を冷笑した左大臣が、すでに発令された大宰帥の任命を止めさせることはできませぬ」

「実にこの上ない妙案。これしかない。ではさっそく今夜のうちに準備して、明朝発令するとしよう」

「明朝、左大臣は喪に服し出仕せぬ。明朝以外に任命の機会はない」

「幸い巨勢邑治さまの喪ゆえの廃朝はないと決まった。しかし左大臣には一朝の喪に服すると言われる明朝こそ朝堂院で……」

期すところありと、武智麻呂は全身をゆする——安宿媛（あすかべひめ）は聖武天皇に

わが背子と二人見ませば幾許（いくばく）かこの降る雪のうれしからまし（巻八―一六五八）

と詠まれその仲の良さは誰もが知るところゆえ、安宿媛を通じすでに大伴旅人を大宰帥にと

の勅許を承っていると発表すれば足りる――と。

長屋王は翌日、旅人から大宰帥任命の報せを受けて激怒した。

「大宰帥に参議（旅人）を任命するなど、勅許も得ずに事後報告をしたものとしか思えない。とすればゆゆしきこと、房前の内臣の地位を乱用するならその地位を返上させねばならぬ」

「安宿媛を通じ勅許を得たとのことでした」

「安宿媛が事前に伝える機会がなかったなどと言い分けしながら、今頃天皇に奏上し、許しを乞うているかも知れぬ」

と長屋王は苦りきる。

宮中のあちこちで、藤原氏横暴がささやかれたため、武智麻呂はたまりかね、頭痛と偽って朝議を休んで、長屋王に逢うことを避け、出席している宇合や房前や麻呂に宮中で声をかける者が一人としていない。

しかも、長屋王にお逢いになられた聖武天皇も、藤原氏のやり方許せぬと、

「長屋王を太政大臣とし、今後、長屋王の許可なくして内臣に何も決められぬことにすればいい」

と仰せになる。

今や藤原四兄弟は四面楚歌の渦中にあった。

四　藤原氏の明暗

基皇子誕生

神亀四年（七二七）九月末、武智麻呂邸で、聖武天皇と、藤原不比等の娘で武智麻呂の妹安宿媛（あすかべひめ）の間に基皇子（もといのみこ）が誕生した。藤原氏血筋の皇子誕生である。

基皇子は、生後二ヶ月足らずの十一月はじめに、早くも皇太子となった。皇太子誕生を祝って、武智麻呂邸は日夜来客でごった返すありさま。

「今度こそ、確かに藤原氏の血を引く皇太子が誕生した」

と、武智麻呂は笑顔をたやさない。

師走に入って間もなく、古麻呂は真保郎女とともに長屋王を訪ねた。錦綾で、すでに五百本の袈裟が縫い上げられたことの報告に出かけたのである。

通された部屋には火鉢に火が入り、厚い絨毯が敷かれていた。いかにもあたたかい。

報告が終わると、古麻呂は単刀直入に言った。

「大納言多治比池守さまは、基皇太子さまご誕生の十日後には、百官の史生以上の者をひきいてお祝いの品を山のように積み、かけつけた由にござります。

公卿の中で、基皇太子の誕生を喜ばないのは長屋王さまばかり、との良からぬ噂が流れております」

と。長屋王は、耳にさからうことでも直言は聞く正義の人で、この時も古麻呂の直言が気に入り、笑みを浮かべて、

「いや、このところ風邪がぬけず、大切な皇太子におうつししてはと遠慮していただけのこと」

「では、ご名代をお立てなされましては……」

「藤原四兄弟は己れの勢力を張ることのみに力を注ぎ、まつりごとのありようを工夫しようとせぬ上に、天皇家と結びついての派手な暮らしぶりは目にあまる、何とか手を打たねばならぬが……と思うと、祝う気持ちもうすれる。このあたりが本音かのう、ハッハッハ」

「そのようなこと、ご口外なされてはなりませぬ」

「武智麻呂は、結構、予を見抜き、気にして、正直者ぶった長屋王を怒らせては面倒、上手に泳がせておけば、世は自然に藤原氏のものになる、すでに時の勢いに乗った以上……と言って

いるそうだ。思い上がりもはなはだしい。

ところで、遣唐使派遣は遅くても五年以内になろう。十分に時間はある。聞けばすでに五百本は出来たそうだが、無理せずあせらず良い袈裟を作るように」

「はい、心をこめまして……」

と真保郎女。

——あと五年……で仲麻呂さまをお迎えに行く船が出る——

と心をおどらせながら。

中衛府長官

かっこうの声のとどくさわやかな日、

「新田部(にいたべ)親王が統率している諸衛府から、授刀舎人寮(じゅとうとねりりょう)を独立させてはどうかと存じますが」

と房前が言い出した。聖武天皇はその言葉を受けて、

「めでたいことには、朝廷の規模もますます大きくなっている。で、諸機関を見直し、組織し直さねばならぬところもある。今、房前の言う授刀舎人寮の独立は、この際、機に合った望ま

しい処置ではある」

とまず賛意を示した。長屋王は、

「組織の見直しは良いことながら、むやみに旧例を捨てるは乱のもと。衛士に召された各地の豪族の子弟のうちには、逃げ出す者があとをたちませぬ。それというのも、衛士として召したまま何年経っても国へ帰そうとしないため、望郷の念やみがたく、逃げ出すものと思われます。衛士として召した者を三年たてば帰国させるとのきまりを作り、実践することの方が先と存じますが……」

と反対した。

「左大臣の仰せはもっともながら、逃散衛士の問題もあり、三年で交替させるとなると、その費用も莫大です。その経費の出所も考えに入れて、授刀舎人寮を独立させ天皇直属の親衛隊とすることが、すべてに好都合と存じます」

と強硬に武智麻呂がくい下がり、結局、授刀舎人寮が独立し、中衛府(ちゅうえふ)三百人となって大内裏の警備、すなわち天皇直属の親衛隊となって働くこととなった。

「では、中衛府の長官は誰がふさわしいか、遠慮なく進言せよ」

との天皇のお言葉に、多治比池守が、

「大伴家の主が大宰府へくだった今、阿倍氏から出されては」

「なるほど、それは名案」

と長屋王。

「しかし、この件を言い出された藤原房前卿が、言の責任をとる形で中衛府の長官にご就任になられるのもよろしいかと存じます」

と再び池守。

「それは笑い草じゃ。言い出したものがいちいち長官をつとめては、誰も考えを言えぬこととなる」

と、長屋王は反対したが、すでに天皇の内諾をとりつけていたらしく、聖武天皇のご裁決で、藤原房前が天皇直属の親衛隊、中衛府の長官になった。

皇太子病没

神亀五年（七二八）九月、朝廷からの使者が帰ると、

「基皇太子が亡くなられた。三日間廃朝し、喪に服する。皆もつつしむように」

と長屋王は邸内に達し、折しも賑々しく運び込まれていた新米の運搬を停止した。

皇太子を亡くされた聖武天皇と安宿媛をお慰めしようと、半年間の喪のあけるのを待って、花冷えする春の午後、長屋王は佐原の別邸に天皇をお招きした。

「よう来られました。唐風の料理は体が暖まり、疲れがとれます。どうぞお召し上がりください」

と唐風の料理、唐風の飲み物、唐風の音曲でもてなし、

「基皇太子のご逝去はしみじみ惜しまれます。ご聡明な皇太子でしたが……」

と長屋王。

「子に先立たれる悲しみは、想像以上に深いものです」

「さようでござりましょう。しかし天皇におかせられましては、個の悲しみは悲しみとされ、天下国家のことを考えられねばなりませず、そこがおつらいところで、臣下と違われるところ……」

「ただ、基皇太子の亡くなった翌日、安積(あさか)皇子が誕生し、いささかは心慰められましたが……」

「喪に服している最中の皇子誕生で、臣下もお祝いに行くべきか遠慮すべきか、迷っておりました」

「迷惑をかけてしまった。しかし母子ともに健やかで喜んでいる」

「でも、私はどこかで喜べませぬ。私が基皇太子を亡くして悲しんでいる傍らを通って、沢山

の人々が広刀自さまの許へお祝いを運んで行かれたのですもの」

と安宿媛はふくよかな顔を曇らせる。

「それは仕方のないこと。基皇太子の逝去は悲しみ、安積皇子の誕生はことほぎ……」

「でも、今でも私の部屋にまで笑い声の聞こえる時がございますの、あきらめてはおりますけど」

「少しは気をつけさせることにしよう。しかし安積皇子の誕生を、そなたも喜んでいようが」

「はい、それは……」

「安積皇子は健やかで、いかにも頭脳明晰と、その手足の動き、目の動きで分かる。十分、皇太子としての任を果たせる」

と聖武天皇は手放しでほめられる。

「県犬養広刀自さまの父上は、たしか藤原不比等の正室、三千代の一族の讃岐守唐、さすれば安宿媛さまとも、遠いとはいえ縁のつながるお方、その方のお子が皇太子となられれば、八方丸くおさまりましょう。喜ばしいことです」

と長屋王。

「安積皇子を皇太子とし、やがては譲位ということになろう。左大臣には、その時は太政大臣として宮中を統御してもらう所存」

「ありがたいお言葉。及ばずながら力をつくし、ご協力申し上げます」

「左大臣に任せておけば、国政をあやまることはない。朕の右腕と、頼りに思うぞ」

「皇太子も太政大臣もよろしゅうござりますが、基皇太子が亡くなってからというもの、天皇には安積皇子さまの方へ行きびたりで、私は淋しゅうございます」

「安宿媛が淋しかろうと察し、こうして伴って来ているではないか。しかし、唐風の料理というものはなかなかのもの……」

「驚くほど長い時間をかけて作るのだそうです。骨までやわらかくなっております。さあさあ、いくらでもござります。十分お召し上がりくださりませ」

「この大きな骨が、歯ざわりもないほどやわらかい。二日も三日も煮込むと聞いたが……」

「あの……」

と安宿媛がさえぎった。

「天皇があまりに広刀自さまの許へ行かれ、基皇太子の死を悲しむより安積皇子さまのお誕生を喜ばれるのでしたら……安積皇子さまを皇太子になど絶対にしたくありませぬ。他のどなたがなられてもいい……。安積皇子さまだけは嫌です」

と。中国の酒に酔ったらしい。聖武天皇と長屋王は、顔を見合わせて、瞬間言葉がない。

讒訴

「安積皇子を皇太子にとの推挙に賛成できませぬ方は、その理由と、どなたを皇太子として推すかを言っていただきましょう」

と長屋王。

「安積皇子は亡くなられた基皇太子の弟君、基皇太子なき今は安積皇子以外に皇太子にふさわしい方はございますまい」

と房前。

――安積皇子が皇太子なら、皇太子のうちに即位させぬ手だてを考えねば、藤原氏の抬頭(たいとう)もここで終わる――

と武智麻呂が考えたとき、房前は言葉を続け、

「もしいるとすれば、以前にも名の出た左大臣長屋王さまの第一子膳夫王(かしわでおう)さまかと存じますが……」

「なるほど、膳夫王さまもその器と存じます。では第一継承者を安積皇子、第二継承者を膳夫王と決められてはいかがでしょう」

と、誰が皇太子でもいいから早く決めてくれといった態度の麻呂。

「では安積皇子を皇太子にと、全員賛意のもとにご推挙申し上げるむね、天皇に奏上致しましょう。

蛇足ながら、わが国のまつりごとは天皇家中心に行われるべきもので、われら臣下は天皇家をおたすけ申し上げ、その分を越えてはならないもの。ここのところをよくよくわきまえて、各々は誠をつくされますよう」

とさわやかにまとめる長屋王。

――何とかしなくては、この長屋王の人を統御する手腕に太刀打ち出来ないままでいると、藤原一門の立つ瀬がなくなる――

と思いながら、武智麻呂は退朝した。そして邸に帰ると見せて、内裏に聖武天皇を訪ねた。

「皇太子は誰を推すと……」

「全員一致で安積皇子とのことにござります」

「それは良い。朕もその心算(つもり)でいた。先日左大臣ともそのように話したところだ」

「しかし、私の見ますところでは、左大臣はとりあえず安積皇子をつなぎの皇太子とし、まず風向きをそらせておき、ときを見てわが子膳夫王さまを皇太子とし、即位させるお心かと……」

「良いではないか。膳夫王は優れている。安積皇子の次に膳夫王が早々に立てば、八方丸くおさまるというもの……」

「八方……でございますか」

「安宿媛が安積皇子の立太子を喜ばぬのだ。女子の心というものは、情が先走って困る……で膳夫王なら、安宿媛は否はいうまい。安積皇子の即位の期間を短くすれば良いこと……」

と、事もなげに聖武天皇。武智麻呂は少しあわて気味に、

「それはそうでございましょう。しかし長屋王の意とするところは、おそれおおくも天皇はじめ、天皇周辺の人々を遠ざけたいのでございます。

それというのも、はじめから天皇を天皇としてお認めにならず、ために皇位継承につきましても、表面的な事のみ言われて本心を奏上いたしませぬ」

「………」

「先日も、聖武天皇は性が暗くていけないと口をすべらせておられました。暗いのは母方の血筋の悪いせいであろう……と」

武智麻呂はそう言って、聖武天皇の反応を窺った。天皇は目を閉じておられる。

「育ちはこの上ないお方ながら、残念なことに母方の血筋がお悪い……と」

聖武天皇の眉が、不快気にわずかに動いた。

それと知って、武智麻呂は、何としても聖武天皇と長屋王をひき離そうと必死である。長屋王に太政大臣になられては、もう前途が闇だ。

光を！　藤原氏の前途に光を！

と必死なのだ。

邂逅

古麻呂が長屋王宮を訪ねると、栄叡（ようえい）と普照（ふしょう）と名乗る若い僧二人の先客があった。

長屋王は、

「この二人のことを聞いて、いつでもいいから訪ねるようにと伝えておいたところ、今しがた訪ねて来られたのだ」

と二人を紹介し、すぐに、

「まずお二人に尋ねたい。仏法とはそも何か」

と聞かれる。

「生もよし、死もよしと知ることにございます」

と栄叡。

「なるほど。で普照は何と……」

「善いと知ることを行なうこと」

「そのようにたやすいことか」

「はい。さりながら三歳の童子でも善いと知っていることを、大の大人でも行なえないもの……」

「なるほど」

「その上、善いということが、人により、所により、時によって違い、分かりにくいもの……」

「では、善とは何か」

「人のみならず、生きとし生けるすべてのものにとって、住み良い世の中を実現するよう思考し行為すること、これ以外に善はござりませぬ」

長屋王は満足そうに笑みをたたえて、さらに聞いた。

「高僧とは」

「仏法を体得し、より多くの人々に仏法を伝え、人々の魂を解き放すことの出来る人にござります」

「おおらかなやさしさに裏付けられた強さをもって、何人にも生きる力と、感謝してやまぬ心のゆとりを与える人にござります」

二人の答えに、満足気にうなずいた長屋王は、

「なるほど、大伴旅人が大宰府からわざわざ推挙し知らせて来ただけのことはある。気に入った。古麻呂、素晴らしい道づれが出来たではないか」

と古麻呂に笑みかける。

「はい。いろいろお教えいただきとうござります」

「この古麻呂の妹の世話で織り上げた千本の袈裟がある。その袈裟を二人に託す。どうか、わが国のため、仏法を体得している真の和上を唐国全土に求め、招来してほしい。くれぐれも頼む」

「及ばずながら、お心に叶いたく存じます。私どもは唐国へ渡り、五年、十年の月日をかけて、真の仏法を学び、身につけて帰りたいと願っている者。今、高僧招来のための千本の袈裟をおあずかり出来ますことを、心からありがたく存じます。必ずや仏法を学び、高僧の中の高

僧を訪ね、わが国に招来すべく、骨をくだきましても努めて参ります」
「左大臣さまのお志を果たすべく、高僧とともに帰るのでない限り、二度とわが国の土を踏みませぬ」

五　長屋王の自決

安宿媛を皇后に

武智麻呂は兄弟を呼び、

「承知の通り、立太子礼とともに長屋王を太政大臣にすると内定した。

このままでは、まつりごとはすべて長屋王の思いのままである。宮子のことといい、田畑開墾のことといい、長屋王はわが藤原家に批判的で、皇室の縁者以外の者がまつりごとに力をもつことを忌み、我らを警戒している」

と、いつもの激しい語調と違い、涙をこらえるような口ぶり。宇合は引き込まれたように、

「たしかに、佐保楼であろうと曲水での宴であろうと、私は常に末席……時には位も年も私より下であっても、長屋王の名前だけの縁者なら上席……」

「皇族でもなし、それは当り前。私など藤原家の中でも末弟ゆえ、末席に慣れていて一向気

になりませぬ……」

「麻呂はどうも話をそらしていけぬ。しばらく黙っていよ。ところで聖武天皇のお妃だが、まず県犬養広刀自さま……」

「まず広刀自さまが一番のお気に入り……」

と再び麻呂、武智麻呂はかまわず、

「わが娘に房前の娘、それに作為王（さいおう）の娘、古那可智（こなかち）……」

「志貴親王の娘、海上女王（うなかみのおおきみ）さまともねんごろとのことです。先頃、

赤駒の越ゆる馬柵（せ）の結びてし妹が情（こころ）は疑ひもなし（巻四―五三〇）

との聖武天皇の御歌に、海上女王さまは、

梓弓爪引く夜音の遠音にも君が御幸を聞かくし好しも（巻四―五三一）

と応えられたということです」

と宇合。

「聖武天皇は、言うなれば母無し子、可哀想可哀想と甘やかされて育てられたためか、多くの女性と関わりながら、皇后をいまだお決めになられぬ。臣下なら正室のみ親が決め、あとの四、五人の妻については好みでいいところではあるが……」

「皇后空位のあまりに長いのは望ましくないと、誰しも思っておりましょう。ところで皇后となれば皇族の方、近頃は聖武天皇には穂積親王の孫娘、酒人女王さまにことのほか目をかけていられるご様子……。先日も、天武天皇の皇女但馬皇女が亡くなられた時、穂積皇子の詠まれた、

降る雪はあなにな降りそ吉隠の猪養の岡の寒からまくに（巻二—二〇三）

の歌は実に優しい。雪よ。そう沢山降らないでほしい。但馬皇女の眠る猪養の岡が寒いだろうからと思いやるこの優しさを、穂積皇子の孫だけあって酒人女王さまもお持ちだと仰せられたと聞きました」

と房前。

「とすると、志貴親王の娘、海上女王さま、穂積親王の孫娘、酒人女王さまのどちらかが皇后ということになりましょう」

と麻呂。

「そこだ、問題は。もしもだが、もしも安宿媛を皇后に立てることが出来れば、藤原家の行く末は安泰……」

「それは無理。皇族でない上に聖武天皇に特にお気に召されているわけでもない」

と、事もなげに麻呂。武智麻呂は麻呂を半分にらみながら、

「だから相談してる。このままではわれら藤原家の者は、遠からずしてまつりごとに関われなくなろう。

もしも安宿媛を皇后に立てられたら、かりに聖武天皇亡きのちも、直ちに天皇として即位も出来、たとえ安積皇子が皇太子になられていようとも即位させずにおけるのだ。

何としても、安宿媛を皇后に立てる以外に藤原家の生きる道はない」

「多治比池守に話しましょう。我々が言うわけには参りませぬが、池守に栄達の蜜と笞との両面を用意し、言わせるように仕向ければいい」

と宇合。

翌朝、公卿が集まると、まず武智麻呂が、

「皇后の長年の空位はよろしくないかと存じますが」

と切り出した。

「そのことだが……考えねばなるまいのう」

と長屋王。そして酒人女王、海上女王、他に年頃の皇族の娘は……と大急ぎで考えたとき、

「安宿媛を皇后にお立てになられてはいかがかと存じますが」

と遠慮がちに多治比池守。一瞬、座が白け聖武天皇は表情をこわばらせられた。しかし意に介せずに、武智麻呂は、

「なるほど、安宿媛ならわが妹ながら藤原不比等と県犬養三千代と名だたるお二人の間に生まれ、その血筋に何の問題もございますまい」

と、たたみかけるように聖武天皇を仰ぐ。天皇の諾の一言で事は成るのだ。が、天皇は何も言われず、長屋王をご覧になられ、わずかにうなずかれた。

長屋王は天皇の意をすぐさま解し、膝を進めて言上した。

「安宿媛さまを皇后にお立てになるなどと、それはなりませぬ。皇后は皇室の血筋の者と、神

代のみ代から決められております。何人たりとも、皇后とは、皇室出身者で后となられた方の称と承知しております。

たとえ藤原家にどのように財があろうとも、また力があろうとも、皇室でない限り皇后に立てることはなりませぬ」

「なるほど左大臣の言う通りで、先例を破るは良いこととは思えぬ」

と、聖武天皇。

「天皇のお志もあり、安宿媛を皇后にとの大納言（池守）のお言葉は、この際なかったものといたします」

と長屋王。天皇はすぐに退座された。続いて長屋王も立ち上がった。

その時、武智麻呂は妙案を思いつき、己れの思いに青くなってがたがたふるえた。

密告

武智麻呂は、帰るや多治比池守を呼び、池守が駆けつけると、待ちかねたように、

「以前、大納言（池守）さまの下僕が、長屋王が、基皇子が亡くなって良かったと言っていら

れたと誰やらから聞いたと話されたことがありましたが……」

と。切り出した。

「いえ、良かったのではなく、良かったと思う節もあるのではないか。安積皇子の方が思うようになるからと推しはかって言っておりましたとか……」

「で、そう言った主は」

「中臣宮処東人(なかとみのみやこのあずまひと)……」

「一人……」

「いえ、その話のとき、漆部君足(ぬりべのきみたり)……も同席していたそうです」

「では、その二人と弟たちを即刻呼ばせよう」

と鈴を鳴らす。

使いが飛び、武智麻呂邸に、房前、宇合、麻呂、そして東人と君足とが、何事かと、とるものもとりあえず集まって来た。

不機嫌に黙り込んでいた武智麻呂は、兄弟がそろうや、すぐに本題を切り出した。

「事は急を要する。わずかでも逡巡すればこちらの不利。相手を倒すか、自ら倒れるかの瀬戸際である。心して聞くように。

基皇太子が亡くなった今、われら藤原氏の勢力を保持する手だては奪われたも同然。安積皇子が即位され、長屋王が太政大臣に任命されんとしている。すでに聖武天皇は内諾なされた。もしこの即位と任命とが行なわれた暁には、われら藤原の者は手も足も出ない。

われらの生きのびる道はただ一つ。安宿媛を何としても皇后に立てること……。で、このことに反対する長屋王を即刻討ち、亡き者にせねばならぬ」

「長屋王を亡き者にとは、あまりにも出しぬけな……」

と房前。それにはかまわず、武智麻呂は畳みかけるように、

「幸いわれらは中衛府の軍勢を手中にしている。この軍勢に、即刻、長屋王宮を急襲させれば事は済む」

「しかし、亡き者にするには、それなりの理由がなくてはならぬこと。この際長屋王を殺さずとも、軍勢で囲めば事は足りる。長屋王を動けぬようにし、われらの目的を達すれば、殺すには及ぶまいが。人の殺害に加担するなど性に合わぬ」

と、麻呂。

「麻呂は長屋王と詩など作り、心まで軟弱になったのであろう。それは危ない。よく聞け。も

の事は決して半端にしてはならぬのだ。半端にしては、そこから水がもれ出すもの。大胆に、果断に行なってこそ、事は成る」

「しかし、麻呂の言う通り、殺すには及ぶまいが」

と、房前。

「大伴家と親しみ、長屋王と親しむその方はしばらく黙れ。今夜の長屋王殺害の密談が知れただけで、この四人は斬殺されるのだ。そこのところを考えてみよ。お人好しだけでは運はつかめぬのだ」

と、武智麻呂は発言を封じてから、言葉を和らげ、

「とにかく、こたびのことはこの武智麻呂に任せてほしい」

と三人を見る。

「いいだろう」

と、宇合。

「で、まず事を成す手だてだが……」

と、四人は膝を進めて近づき、武智麻呂は声をひそめる。

「直ちに東人と君足に長屋王を告訴させ、すぐに天皇にお知らせ申し上げる。

一方、天皇のご内諾なしに事を決し得る房前の内臣の地位を利用し、直ちに中衛府の軍隊を動かして長屋王宮を囲む。さすれば、いかな長屋王とて、どうするすべもあるまい。とにかく一刻も早く長屋王を亡き者とする。ここまでの事を行ない、事成ってのち、あとのことは考える。勅許は長屋王宮を衛士たちが囲んでのち、この武智麻呂が仰ぎに参上する」

と、低い声ながら一言一言力をこめて話す。三人が顔を見合わせているうちに、武智麻呂は別室の二人を呼び、東人と君足がおずおずと入って来た。

二人は一歩入って、ものものしい雰囲気に怖じ気づき、額を床にこすりつける。

「おう、よう来た。ところでその方ら二人は、左大臣が基皇太子が亡くなって良かったと言っていたと話したそうだが……」

夜更けに呼ばれて、何かあるだろうと不安はもっていたものの、武智麻呂のあまりに予想外の言葉に、二人は顔を見合わせ、

「はい、いえ、左大臣さまがそう思われたのではないかとご推察致しましたばかりで、左大臣さまが言われたわけではございませぬ」

「そんな大それたことが推察だけで言えるのか。もし推察したと言うのなら、左大臣長屋王さまの名をかたって、その方らこそ基皇太子の亡くなることを望んだ大罪人、ただちに首をはね

ねばならぬが」

「え、はい、いえ……」

二人は、ふだんは接しられない大納言らに囲まれ、追いつめられて、判断力を失ってしまう。

「左大臣の言ったことを聞いたのであろうが」

「いえ、そのような噂を耳にしたのでございます」

「誰が噂していたのだ」

「いえ、ただ、誰言うとなき噂でして……」

「長屋王宮に出入りしている者が言ったのであろうが……」

「分かりませぬ。そうかも知れませぬ。そうでないやも知れませぬ」

「出入りしている者でなくては言えぬ言葉であろうが。ということは、左大臣の言ったことを東人と君足が聞いたことになる。

要するに左大臣は、基皇太子を亡き者にしようとたくらんだのだ。そうであろうが」

「……………」

「そうなのだなっ」

二人は、武智麻呂らが長屋王を罰しようとしていることに、この時やっと気付いて、ますますふるえ上がった。

「返事をせい。そうなのだなっ」

「はい」

と細い声で君足。

「東人はどうかっ」

「………」

「どうなのだっ」

武智麻呂は、立って、下げている剣を揺する。ガチャリと鳴った金属音に促され、

「はい」

と、仕方なさそうに東人。

「よしっ。そのことさえはっきりすれば良い。別室に下がって休め」

二人は、何のことはない。軟禁された形で、武智麻呂邸の別室に、食べたくもない菓子を出され、座っていなければならなかった。

衛士動く

軍勢が集められた。

武智麻呂は、その主だった者を庭前に集め、

「急に召集したのは他でもない。左大臣においては基皇太子のお命を縮め、天皇家を傾けんと呪っているとの、たしかな訴人があった。ただちに左大臣邸へおもむき、左大臣を捕らえる」

と説明する。

すぐに軍勢が動いた。

武智麻呂は、四人の兄弟のうち、もっとも長屋王の実力を知り、人となりを知り、長屋王をおそれていた。

ために、念には念を入れ、武器庫を開いて自らの使用人も武装させて衛士につけ、鈴鹿の関、愛発（あらち）の関、不破の関へそれぞれ向かわせた。長屋王の支配する国々から、三つの関を越えて軍勢が都へ乱入することを警戒したのである。

二月十日夜半、三関は軍隊で埋まった。

火急の報

門をどんどんたたく音で目覚めると、かすかに人声がし、やがて足早に、古麻呂の寝室に人の来る気配がした。

「何事か、この夜更けに」

「武智麻呂さまの許より火急の使者が参りまして、左大臣に謀反の咎あり。これより軍勢を出して糾問する。刻を移さず、手勢をひきいて馳せ参ぜよとのことにござります」

「なに、長屋王さまご謀反と」

「はい」

「たしかにそう言ったのか。そのようなことのあろうはずがあるまいが……」

突然に、古麻呂は、藤原氏が長屋王を武力で倒そうとしている、と察し、

「使者には何と言ったのだ」

「はい。ただ、取り次ぎます、とのみ」

「では、真保郎女のたっての願いで、仲麻呂の無事祈願に熊野へ行ったと言えばいい。今からすぐ知らせを出しますゆえと。はじめからこの古麻呂など当てにはしておらぬ」

「承知いたしました」

古麻呂は、すぐに津足人に書状を持たせて長屋王に火急を報じ、邸内に住む大伴家の従者のうち、若者十数名を集めて邸を出た。

古麻呂は、尾張に通じる鈴鹿や美濃へ通じる不破の関、北陸道の要衝愛発関（あらちのせき）は、長屋王の所領を考えれば、当然軍隊が出て押さえられたものと判断し、とりあえず吉野へいっとき身をひそめ、藤原氏の内部からの崩壊を待つが上策と決め、九条大路と四条大路の交差している林の中で長屋王を待つと連絡し、林中に身をひそめるようにして長屋王の到来を待った。


長屋王宮はひっそりと夜のしじまにとけ込んでいる。足人は大門に着くと、馬を傍らの大樹につなぎ、門を叩いた。

急いでいる足人には長い時間が過ぎ、やっと中年の律義そうな門番が顔を出した。すぐに、

「これは大伴古麻呂さま手の者で、津足人と申します。左大臣長屋王さまに火急のお知らせがあり、馳せ参じました」

と、足人が言う間も、門番は上から下までなめるように見すえながら、

「今が何刻かご存知か。すでに左大臣さまにはご寝所に入られておる。明朝出直すがいい」

「火急なのだ。明朝では間に合わぬ。即刻お目にかかりたい」

「気の毒ながら、どんなことがあろうとも、夜中に門はあけられぬ」

「長屋王さまのお生命にかかわる大事だ」

「たとえそうであろうとも、長屋王さまの命令のない限り、この門を通すことはならぬのだっ」

と、何としても聞き入れない。足人はすぐあきらめて馬を馳せ、脇門にまわった。

門をたたくと、三人の若者が出て来た。

「大伴古麻呂さまの手の者、津足人と申す。長屋王さまに火急のお知らせがあり、馳せ参じました。直ちにご面会お許し願いたい」

と口上すると、三人のうち一人が、

「しばらくお待ちを」

と、すぐに姿を消して、くぐり戸の門を閉ざし、他の二人は門の外に立って足人を警戒しているようす。と、すぐに初老の男が出て来て、

「火急の用事とはそもどのようなことでござりますか、夜半、むやみに門を通すことは固く禁じられておりますが」

「長屋王さまのお生命にかかわること、一刻を争います」

「では、足人とやら、そなたを信じ、一まず通そう。しかしその腰の太刀、おあずかり致します。真に火急の用なら遅れては一大事。今、長屋王さまにお知らせに伺っております。さ、こちらへどうぞ。庭前でご口上くだされ」

という。足人はほっとし、

「一刻も早くお目通り願い上げます」

と庭前に急ぎ、庭石前に座るや、前の戸があいて長屋王が声をかけた。

「この夜半に、火急の用とは何事か」

「はい、謀反のかどで、ただちに中衛府の軍勢がこの邸を囲みます。時を移さず、邸をお出なされますよう。すでに不破、鈴鹿、愛発の三関には軍勢が出動いたしました、古麻呂さまの言われますのに、九条大路と四条大路交差点の林中に、いささか軍勢を集めお待ち申し上げますゆえ、いっとき吉野方面におん身をかくされますようにとのことにござります。書状お持ちいたしております」

と傍らの警護の者に渡す。

長屋王が書状に目を通そうとした時、馬のいななき、大勢の徒歩(かち)の足音が、遠くかすかに風に乗って聞こえた。

「すでに軍勢はこちらに向かっているようす。猶予なりませぬ。お急ぎくださりませ。お伴つかまつります」

　と足人。

　膳夫王をはじめ、長屋王の御子、妃など、次々と集まって来る。そこへ、

「申し上げます。何者とも分からぬ軍勢が、この邸に向かって来るようにございます」

「申し上げます。二百騎ほどの軍勢がこの邸に攻め寄せるもようとの注進にございます」

　と、次々と警備の者の報告が入ってくる。長屋王は静かに目を閉じて動かない。

「軍勢はすでに迫っております。曲水の水路を通って林中へ抜け、この邸からお出になってくださりますよう、お急ぎくださりませ」

　と足人。

「しかし……」

　と、考えておられる長屋王。

「軍勢は長屋王さまお一人のお生命を狙う者、ここで長屋王とみ子さまのみお立ちのきいただければ、血は流れませせぬ」

「む……」

「早くっ。失礼ながら問答無用。お立ちくだされっ」

足人は有無を言わせず、命じるようにして立ち上がった。庭前には宿直（とのい）の武士たちがすでに武装して集まり、緊張した空気が流れている。

長屋王は静かに、

「争いは好まぬ。予はここを動かぬこととする。ただ膳夫王はじめ子らは立ち退くように、無事を祈る」

「父上。父上を置いてどうしてこの膳夫王に立ち退くことが出来ましょう」

「父を殺害せんとする者が父を見出さねば、この邸に火を放ってでも尋ね出し殺そうとするであろう。無駄に争って怪我人を出すも心外。

膳夫王も知る通り、この邸には大般若経をはじめ、唐天竺から運ばれた貴重な品々がある。それら内外の品は単に私のものではなく、わが国の後世に伝うべき宝なのだ。その宝の山を己れの生命惜しさに焼失するはしのびない。

父の生命を捨て、後世に伝えるべき古今東西の宝物の数々を守る。生命は一世、宝物は万世ぞ。さらばだ。急げ、そして達者で暮らせ。生と死は隣り合わせのもの。父は死んでその方らを守ることにする。急げ、父の理想を汝らがこの世で実現せよ」

「さ、お伴つかまつります。お早く」

足人を案内した初老の男が立った。親王たちは、銘々、深い会釈をして、長屋王の前を通り庭に下りた。足人が殿(しんがり)に立った。

男が曲水の流れを通り、塀外に出た時、

「敵がおりますぞっ」

と叫ぶや、太刀を合わせる音、

「危険にござります。ここも囲まれております」

と足人。

その時、男の断末魔の叫びがあたりのしじまを破った。

武智麻呂の力

今来られるか、今かと、古麻呂ら一行は長屋王を待ったが、いっこうに現われず、夜は白々と明けそめ、小鳥の鳴くいつもと変らぬ朝が来た。

「おかしい。こんなに遅いはずがない」

と、古麻呂。

「足人が切られたか、さもなくばすでに遅く、外へ出られなかったかのどちらかであろう。幸い軍勢を出せとの知らせが届いている、もう半刻ほどここで過ごし、出先から馳せ参じた体で長屋王宮に参ろう。

もし足人が切られていれば、密書が取られている。その時は一網打尽にされるぞ。危険とあらば逃げよ。無駄に生命を捨てるな」

馬のいななきは遠くから時折聞こえるものの、静まりかえった早朝の刻をじりじりしながらすごし、やがて一行は一気に朱雀大路を走って三条大路の長屋王宮に着いた。

王宮は軍勢に囲まれ、門という門は蟻の這い出る隙もない。

「やあ、ご苦労、遠くへお出かけでしたそうで」

と、武智麻呂が近寄って来たとき、古麻呂はすべてを理解した。そして言った。

「遅参いたしました。ここは参議さま（房前）の軍勢とか……」

「それでまた廻って来たのだ。房前の手の者は来ているが、房前の姿が見えぬ。囲むだけでいいとこの度のことに批判的だったゆえ、おおかた邸内に縮み上がっているのであろう。わが弟ながら……」

その時、次々と立派な輿がついた。軍勢はさっと道を開け、表門が大きく開かれた。

輿はそのまま邸内へ入って行く。

「どなたでございましょう」

と、古麻呂。

「舎人親王と新田部親王。それに大納言（多治比池守）」

「……………」

「両親王にご挨拶申し上げる。これで」

と、武智麻呂は邸内に消えた。

——安積皇子の即位を考えられる長屋王さまのご決断で無視された形の舎人親王と、新田部親王を動かすとは、さすが……ご自身は表面に出ずに、ただ命じられて軍を動かした形をとっている……——

と、古麻呂は改めて武智麻呂の恐ろしさを思いながら王宮内に入り、武智麻呂が二人の親王に挨拶するさまを見た。それは遠目には新田部親王や舎人親王が武智麻呂に頭を下げているかに見えたのだが……。

——このままでは危ない。急ぎ何とかしなければ——

と、古麻呂。

舎人親王は天武天皇の皇子で長屋王と共に皇族勢力として権勢を振るっていたが、異母弟の新田部親王と共に首皇子（のちの聖武天皇）の補佐にあたっていて藤原一族にも近付いていた。「日本書紀」を編集したことでも人々に一目おかれ、

ぬば玉の夜霧ぞ立てる衣手の高屋の上にたなびくまでに（巻九―一七〇六）

と夜霧のたなびく様を詠むなど歌心も持っている親王であった。

糾問

長い長い夜が明けた。十一日朝、長屋王は、邸内の者に、いつものように朝食の用意をさせ、邸内を清めるようお命じになった。

長屋王の部屋には、膳夫王（かしわでおう）をはじめ一族が集まり、静かである。

そこへずかずかと足音が近づいて、舎人親王が、立ったまま長屋王を見下ろした。

「何事か、立ったままとは無礼であろう」

と、長屋王が言うや、舎人親王は反射的に座り込んだ。続いて新田部親王も座り込んだ。そのあとについて来た多治比池守に、

「大納言は何の用か」

と、長屋王。

「……」

「用がないなら去れっ」

「いえ、左大臣に不審の行為ありとのことで……」

と、池守はおろおろと口がもつれる。

「不審とは何か、たわけたことをっ」

と、一喝する長屋王。

「……」

池守も二人の親王も、床に這いつくばって口がきけない。と、室外に控えていた武智麻呂が身をのり出すようにして言った。

「長屋王さまは、左大臣という重責にありながら、基皇太子の生命を縮め、天皇家を傾けんと

呪っているとのたしかなる訴人が……」

「立ってものを言うな。それが左大臣に対する態度かっ」

「天皇家を傾けんとした罪は重いのだ。罪人に左大臣も右大臣もない」

「愚かなっ。天皇家を傾けんとするは、その方らではないか。予は天皇家にもっとも近い血筋の者、子らは皇孫の扱いぞ。天皇家を傾けんとするは己れを傾けんとすること。そんな馬鹿げたことがあるか。ハッハッハ」

長屋王は大きく笑った。舎人親王や新田部親王は、その場にいられないほど小さくなり、池守にいたっては影のように壁にわが身をすりつける。武智麻呂だけは、肩をいからせ、

「しかし安宿媛を皇后に立ててはならぬなどと、何かにつけて皇室ごとに口出しする……」

と、居丈高に言う。

「笑止な。その方らと違い、予は言わねばならぬ立場のものぞ。意見を言うのは当然である。皇后は皇室から、と天皇家はじまって以来のきまりである。それを破るは乱のもとと言ったが、どこが悪い。悪いと言うのなら、その方ら藤原の者にとって都合が悪いというだけのことではないか」

「……………」

「安宿媛を皇后に立ててはならぬのだ」

「皇太子の問題も……」

「基皇子なきのち、安積皇子の誕生があって天皇家は安泰であるとは言ったが、当然であろうが……」

「しかし文武天皇即位の時、公卿の中には長屋王を天皇にとの声があった。まさに天皇に決まろうとした時、大友皇子の遺子葛野王（かどののおう）が『皇子は子孫相承すべく兄弟に相及ぼしてはならない』と言ったことから文武天皇に決まったという事実がある。そのことを恨み、天皇家を傾けんとしたのであろうが」

「話にならぬ。皇嗣は子孫相承にすべきだとは、葛野王よりも予の考えぞ。この日本（やまと）の国の和をはかるためには、私情を捨て、筋道を立てねばならぬのだ。そのくらいのことはお前たちも分かりそうなものではないか」

「………」

「武智麻呂」

　と長屋王は呼び捨てた。

「参議（房前）はなぜ参らぬ」

「……」

「この包囲は天皇の許可を得ず、内臣房前のみの承認で動いたものであろう。というより、内臣の承認もないその方らの、勝手な私闘であろう。いや押し込みと言うしかない」

「そうではない」

「大方、藤原勢力拡張の前に立ちはだかるこの長屋王が邪魔だという、それだけのことであろう。すなわち天皇家を傾け、己れの権勢の繁栄をはかるは、そなたたちであろうが……」

「黙れっ。天皇家を傾け、膳夫王を即位させんとはかった者が何を言うか」

「はかったのではない。膳夫王は生まれた時から親王ぞ。さすれば皇位継承の第何位かには必ず入っているのだ。愚か者めらが、下がれ。良く考えて来いっ」

三人は長屋王に言いくるめられた形で早々に部屋を出た。それでも武智麻呂のみは、

「やがてお命、いただきに上がる」

と、捨てぜりふを残して長屋王の部屋を出た。邸を囲む軍勢は増強されこそすれ、動かない。

古麻呂は、どうすれば長屋王の命を助けられるかと模索していた。

「明朝には長屋王さまは殺されると中衛府の衛士たちの間ではもっぱらの噂にござります」

と、従者の一人が聞きつけて、古麻呂に報じる。すでに日は昇りはじめ、風花が舞い、しん

しんと冷える。じっとしていた古麻呂が、突然立って、

「どうも、この寒さの一夜をずっと林の中にいて冷えたためか、腹が痛む。お前たちはここで参議の指示を仰ぐように」

と言うや、一人、馬を馳せた。

勅許

古麻呂は房前の邸を訪ねたが、

「衛士とともに、いずれかに向かわれ、留守」

とのこと。

「それはおかしい。参議はいらしてないと、たしかに聞いて参ったのです」

「今、申し上げました通り、軍勢を連れ……」

古麻呂は聞くことをやめ、ひらりと馬上の人になって走り出した。そしてつと馬を止めると、馬上に立ち、塀に手をかけ、房前の邸内に入った。

衛士が出払ったためか、邸内はひっそりしている。幾度か来たことのある古麻呂は、迷わず

房前の部屋に近づいた。

と、武装した衛士が三人控えている。

――武智麻呂の手の者に違いない――

と思った古麻呂ははたと困惑し、しばらく様子を窺ってから、また塀を乗り越えて外に出た。

そして脇門へ廻り、

「舎人親王の使者、内臣にお目にかかりたい」

と申し出た。

やがて房前の部屋に案内されたが、衛士は警戒の色を見せない。古麻呂は内心ほっとしながら、

「おいでてでござりますか。舎人親王の使者にござります」

と声をかけ、返事を待たずに戸を押しあけた。房前は腕を組み、不動の態で座っている。

「大伴古麻呂にござります。長屋王宮は軍勢に囲まれ、すでに新田部、舎人の両親王が押し入りました。

一時の猶予もござりませぬ。聖武天皇に長屋王のご助命乞われますよう願い上げます」

房前は探るように古麻呂を見た。

「長屋王さまほどの正義の士を失いますことは、わが国の大きな損失、お急ぎくだされ」

古麻呂の声は低く、丁寧ながら、抗し難い強さがあり、房前は引かれたように立ち上がった。

「時がござりませぬ。そのままで」

古麻呂は部屋から出るや大声で呼ばわった。

「輿を、輿を用意いたせっ」

ばらばらと小者二、三人がせわしく走り、すぐに輿が用意された。

「内裏へ。いそげっ」

と、古麻呂は命じ、すぐさま塀ぞいに走って、主を待つ馬に乗るや輿を追った。

しかし、禁中では、聖武天皇はお逢いになられず、

「明朝、改めて参上せよ」

との達し。

「明朝では間に合いませぬ。ぜひとも……」

と、喰いさがる古麻呂を気の毒と思ってか、従者は、

「夜半、武智麻呂さまからのご使者が参られまして、以来、天皇にはご機嫌うるわしからず、何人にも逢おうとなされませぬ」

という。

「では明朝、出なおして参りましょう」

と房前。

「いえ、なりませぬ。長屋王さまのお生命が危のうござります。何としても、もう一度お取り次ぎを」

と、古麻呂はゆずらない。

何としても長屋王を助けたいのだ。今にも殺されるのではないか。今、生命を絶つのではないかと気が気ではないのだ。

夜はすでに明けている。古麻呂は全身を耳とし、時々扉をあけて外に出ては、長屋王宮の騒ぎを知ろうとしたが、ひっそりとしずまっているようす。

チチチ、チチチと鳴く小鳥。小鳥の止まる枯れ枝のもつ冬芽の可愛らしさに、こんなとき、どうして気付き、ふっと心が軽くなるのだろう。古麻呂は宿直の衛士におだやかに告げた。

「天皇のお目覚め次第、ぜひお目にかかりたく存じます」

と。間もなく、宿直の衛士が来て、

「天皇には、火急とのことゆえお目にかかろう、との仰せにござります」

と告げる。すぐに古麻呂は房前のあとについて、天皇の待たれる部屋に通った。

御簾は下げられたまま、

「火急の用事とは何事」

と天皇。

「ご存知の通り、昨夜来、左大臣ご謀反のかどありと、衛士がその邸を囲んでおりますが、ご助命賜わりたく、まかりこしました」

と房前。

「天皇もご存知の通り、長屋王さまは正義の塊のようなお方。天皇家を呪うなどあるべからざる中傷、どうぞお生命お救いいただきたく……」

と、古麻呂は思わず言葉を続けた。

「天皇のご許可のおしるしいただきたく、参上つかまつりました」

「しかし朕は、長屋王宮を囲めとの命を出した覚えはない。内臣のそなたの許可であろうが。ならばそなたがとり消せば済むこと……。おかしな話よ」

「しかし、兄武智麻呂の気性は激しく、この房前の言など耳貸しませぬ」

「朕はずっと長屋王を太政大臣にと考えていた。ところが昨夜、中納言（武智麻呂）から左大臣（長屋王）は安宿媛を亡き者とし、母の血筋のいやしい朕を退位させ、安積皇子を一ときも早く即位させせんと画策していると言って来た。

左大臣の気性を知る朕は、その正義感を深く信頼していたが……」

「太政大臣にとまでお考えになられた臣を、天皇には、取るに足らぬ中傷でお切り捨てになされるはずがございませぬ。

長屋王さまは、大般若経六百巻を二度までも写し、後世に残さんとなされたこと、千本の袈裟を作られ、和上を招かれんとなされたことを考えましても、決して国を傾け己れの利をはかろうとされる方ではございませぬ。

すくなくとも天皇をお助け申し上げ、より良いまつりごとの実践を考えていられる皇族筆頭のお方、どうして天皇家を呪いましょう。

とにかく一刻を争います。すぐに長屋王さまの助命を願い上げます」

と、古麻呂。

聖武天皇は、古麻呂を見た。その情熱を秘めて澄む、真剣な目差しをご覧になってから、

「とにかく、左大臣を死なせるわけには行くまい」

と仰せられ、すぐに、

「長屋王を捕らえて参れ。天皇直々に審問することあり」

との書状を渡された。

古麻呂は書状を大切に掲げるや、房前に、

「一刻を争います。一足先に馬を馳せます。ごめんっ」

というなり、鞭を当てて疾走した。とはいえ、長屋王宮は皇居と目と鼻の先、軍勢は何の変化も見せず、花柄の美しい塀の外にかがり火を焚き、屯している。

「間に合った！」

と、古麻呂は胸を撫でおろした。

自決

長屋王は邸内を一巡して、邸内にいた人々に、

「長い間、ようやってくれた。無事に暮らせ」

と声をかけてもどると、にこやかに家族そろって朝食をとり、

「わが国のまつりごとは天皇を中心とし、考えの違う者が話し合い、互いに良きをとり、考えいたらなかったところを補い合うようにして行なわれて来た。

が、このたび、話し合いより武力で相手を倒そうとする者が現われ、この邸をとり囲み、父をはじめその方らの生命を奪おうとしている。いかに予に心を寄せる者があろうとも、この軍勢の囲みを破って予を救うことはもはや出来ぬ。

外部から攻めかかれば、軍勢はその敵に対する以前に、この邸内の者を殺害するであろう。犠牲は最小限にとどめねばならぬ。藤原の奴の望みはこの長屋王と、膳夫王、そなたの首だ。天皇の座にもつけるその方を、何も知らず、何もせぬままで死なせるはいかにも無念。父の不徳ゆえと、済まなく思う」

と長屋王が頭を下げると、膳夫王は、

「父上、この世のすべてはみ仏のご意志、なるがままが最善のあり方とお聞きしております。父上の不徳ではござりませぬ。それより、今まで父上、母上とともに豊かに暮らし、楽しゅうござりました」

「あの……」

と、吉備内親王。

「私を、帝のもとへつかわしてくださりませ。無駄かも知れませぬがぜひ……」

と、両手をつく。

「そなたの気持ちはありがたい。しかしあわれみを乞うてまで予は生きぬ。予は今まで精一杯生きて来た。み仏が、予の命を、今日ただ今限りと言われるのなら、それで十分満足。それでいい。

常に己れを頼み、誠をつくして生き、あわれみなど乞うたりせぬ。それがみ仏の説く自然(じねん)の生き方というもの。ただ、膳夫王、その方がまつりごとに当たったら、この父よりはるかに住み良い世の中を出現させたであろうが……、と、心底残念ながら、今となっては仕方がない。

父は思う。死は静寂なるみ仏の慈悲の光の中へ行くことである、と」

そこへ盃が運ばれ、長屋王の前に、そして並ぶ子らの前に置かれた。

「別れの盃だ。みな盃をもったか。では旅立とうぞ。み仏の蓮の葉の上で再び逢おう。さらばだ。桑田王、葛木王、鉤取王、皆良い子だった。父は心から満足している。盃をもったか。では一息に飲め。さらばだ」

「さらばにござります」

「さらば」

と声にして、膳夫王をはじめ子供らは一せいにその盃のうま酒を干し、むっとうめいて、倒れて行く。

その倒れる子の一人一人の背をさすり、まぶたを閉ざし、合掌させ、死にきれぬ子に、

「苦しいか、もうすぐ楽になる。もうすぐだ。父もともに逝くぞ。安心せよ」

と、死に至らしめ、丁寧に寝かせて行く。

「お願いにございます。私もお伴させてくださりませ」

と、盃の配られなかった吉備内親王。

その時、遠くを何事か叫んで近づく声が聞こえた。その声を打ち消すほどに、吉備内親王は声を上げて泣き伏す。長屋王はやさしく、

「そなたは生きのびて、幼い親王たちの行く末を見届けるように。何やら騒がしくなって来た。捕らえられ、つまらぬ者の手にかかって殺されるよりは死を急がねば。世話になった。さらばだ」

長屋王は、瞑目して合掌し、盃を干し、自ら喉を突き刺して逝った。

その時、廊下を足音高く何やらわめいて大急ぎで近づく者。すぐに、

「長屋王さま、長屋王さま」

と、呼ばわる声がかすかに聞こえた。

吉備内親王は、長屋王の骸にすがりつき、

「お伴つかまつります。私は親王さまの妻にございます」

と喉を突いた。

「長屋王さま、長屋王さま」

と呼ばわる声がはっきり聞こえて来たが、長屋王の部屋にはすでに生きている何人もいなかった。下女たちはどこにひそんでいるのか、あたりに人の気配がまったくない。

古麻呂は、あまりの静けさに胸さわぎがし、吹き寄せる風にふと血の匂いを嗅いだように思った。

不安のつのるままに古麻呂は、廊下を走りに走って、長屋王の部屋の扉を大きく開いた。

「むっ」

古麻呂は声も出さず、王の体をたすけおこした。まだぬくさの残る王の心の臓はすでに動きをとめていた。

「長屋王さま、無念にござります。もういっとき、なぜこの古麻呂をお待ちくださりませなんだ。長屋王さまっ」

古麻呂は声を立てて泣いた。

「誰が死なせた。天皇にはお許しになられたものを……」

古麻呂は、絶叫しつつ泣いた。

六　天平の遣唐船

古麻呂の誓い

長屋王のみ子膳夫王、桑田王、葛木王、鉤取王の骸は、都城内で焼かれ、その灰は川へ播かれた。

川岸には、多くの人々が集まり、声もなく合掌していたが……。

長屋王と吉備内親王の柩は、生駒山に運ばれた。古麻呂などわずかな参列者は黙々と歩み、葬送の曲もない。

やがて柩が山裾に安置されると、一歩前へ出た古麻呂が、

「長屋王さま、事件当日とらえられました長屋王さまの異母弟、鈴鹿王はじめ九十余名の者、すべて放免されました。み心安らかにお眠りくださりませ」

と報告する。と、

「ただ上毛野宿奈麻呂さまら七人は流罪になられました」

と子虫がつけ加え、涙ぐんだ。

――無念にござります。長屋王さまを深くご信頼申し上げ、崇拝していられました方々ゆえの流罪にござります。今後の災いのもとになるかも知れぬと、おそれられて……――

と、古麻呂は心の中で泣く。そして大きく息を吐いてから、声に出さずに報告する。

――長屋王さまが、生命にかえて守られました古今東西の宝物、必ずや、わが日本の財宝として永遠に保存できますよう、必ずはかります――


古麻呂らが長屋王を葬っていた頃、麻呂が、武智麻呂に呼ばれて邸を出ようとすると、

「麻呂さま、お久しぶり」

と、坂上郎女が大きな瑪瑙をつけ、明るい裳をつけて、輿から下りて来た。

「やあ、しばらく。ちょっと兄上の許へ行くところです。上がって待っていてくれませぬか」

「まあ、上がって待てなんて、心にもないことを。上がってはお妃さまが狂われましょうに……それより、長屋王さまを密告した小者をどうなさりますの」

「罰するといいのですが」

「ご冗談を。棚に飾って拝むのではございませんの。小者ながら、わが藤原家にとっては偉大な貢献者、小者ぶりが役に立ったと……」

「これは痛いお言葉……」

「でもそんなところでしょう。で、鈴鹿王や長屋王のお子様方はどうなりますの」

「さあ」

「さあって、麻呂さまはどうお考えですの。長屋王さまと違い、弟君の鈴鹿王はおとなしいお方ですし、長屋王のみ子の安宿王、黄文王、ええと、それに、山背王は、麻呂さまのお妹のお子さままではございませぬか、お助けなされようとは思われませんの」

「それはそう思います」

「では、助かりますのね、お助けになりませんと、長屋王さまの霊がたたるかも知れませんわ、ホホホ。ではごめんあそばせ」

坂上郎女は、あでやかに笑うと、さっさと輿に乗った。

「では、訴人の二人には外従五位下を授けることとして、古麻呂には困ったものだ。本心ならずとも、長屋王の包囲にとりあえず駆けつけた男を罰するわけには行かぬ。

その古麻呂だが、先日も大学寮で『この度の事件はおおかた長屋王さまをおとし入れようとした者の細工であろう。長屋王さまは潔癖すぎるくらい悪を憎まれた正義の方、人を呪うはずがない』と言っていたという。古麻呂のような者がいては良からぬ噂が立ち、好ましくない」

「うるさい者は遠ざけることだ。で、古麻呂は唐へ送ればいい。遣唐使として任命すれば、行くまでは準備に追われ、行っても帰るという保証はすくなく、たとえ帰ったところで、別天地の国を見ては考えも変り、過ぎたことはとやかく言うまい」

と、武智麻呂。

「幸い古麻呂は、唐へ行きたいと言っているそうだ。こたびの事件を浮き立たせぬためにも、遣唐使派遣など、人の注目を引くことごとを次々と行なう必要がある」

と宇合。

「遣唐使派遣は早くするに限ります。左大臣依頼の千本の袈裟も早く届け、長屋王さまの霊に安らいでいただかねば……」

と、房前。

「なに、左大臣の霊……」

と、宇合はきっと顔をひきつらせる。

「左大臣は人を殺めるのはお嫌いな方、鈴鹿王の一族など、みな罪を問わぬことです。古麻呂ならずとも、この一件、どうも策略あり、と誰だって思っているのですから。まあ、そんなことより、とにかく酒をいただきましょう」

と、麻呂。

光明皇后

「……天の下の君と座して、年緒長く皇后の座せざることも、一つのよからぬ行に在り……」

長い間、皇后が空席であることは良くないとの勅を、舎人親王が重々しく読み、居並ぶ百官はただかしこまって聞いていたが、その胸のうちをはかってか、舎人親王は続けて、藤原氏出身の安宿媛が皇后に立ち、その名も光りかがやく光明皇后と名乗ったことを知らせる。

さらに光明皇后の父、藤原不比等の功績をたたえ、民間から皇后に立った先例として仁徳天皇の皇后磐姫を挙げ、

「朕が時のみにあらず」

と、聖武天皇のお言葉を伝える。それを聞きながら、古麻呂は心の中で、

――滅亡した旧王朝の磐姫を、民を慰撫するため新王朝に迎えたことと、民間出の皇后とは話が違う。藤原氏は歴史を捏造する心算(つもり)らしい――

と、思い続ける。

この朝以来、聖武天皇は、藤原氏の承認なくしてはまつりごとが出来にくくなったためか、まつりごとより歌道に心を向けておられるごようす。酒人女王に、

道に逢ひて咲まししからに降る雪の消(け)なば消ぬがに恋ふとふ吾妹(わぎも)（巻八―一六五八）

と詠んで贈るなど、雅びな生活を楽しんでおられる。

武智麻呂は、妹、光明皇后を案じ、聖武天皇に共に雪を見とうございましたと、

「わが背子を二人見ませば幾許かこの降る雪の嬉しからまし（巻八―一六五八）

と、光明皇后がかつて天皇に捧げました御歌、なかなかのものと存じますが……」

などと、さり気なく申し上げなどして天皇のお気持ちを引こうと努めてはみるものの、

朝霧のたなびく田居に鳴く雁を留め得むかもわが屋戸の萩（巻十九—四二二四）

朝霧のたなびく田で鳴いている雁をわが家の萩は引きとめられるでしょうかと、天皇のお気持ちのさらに離れて行かれる淋しさを、光明皇后は詠まれる。

光明皇后の御歌は気品に満ち、やさしさにあふれているが、言うなれば藤原一族に利用された形で嫁ぎ、天皇の愛薄しと知りながら、その淋しさをつゆ表わさぬ勝ち気さがかえって誰の目にもあわれに見えはしたが、聖武天皇には生家の財力がちらちらしてわずらわしいばかりで、光明皇后を敬遠しがちに過していられた。聖武天皇がある日、

「世の中には病に倒れ、困窮している者があると聞いた。病者のための施薬院を建立したいが……」

と言われると、武智麻呂は、

「それは良いお考え、さっそくにも……」

と、国費で施薬院を建てると決め、その薬草購入には、不比等の残した莫大な封戸の中から一部を当てることとして、

「施薬院の薬草と悲田院の食糧とを寄贈しましょう」

と、申し出た。そして、施薬院で薬を渡されるのも、悲田院で食糧を配られるのも、光明皇后のみ心、と宣伝につとめ、光明皇后の名をいやが上にも高め、ひいては藤原氏への人望を煽るのだった。もちろん、光明皇后は篤く仏教に帰依し慈悲深い人ながら民間から出た初めての皇后で藤原氏興隆のために利用された日々を送っていた。

藤原政権の確立

主典(さかん)以上の全官人が内裏に集められ、舎人親王から勅を聞いた。

「執事の卿らは、あるいは逝き、あるいは病んで、政務を処理することが出来ない。よろしく各人の知る政務をとるにたえる者を推挙せよ」

と。

――とりあえず百官の意見を汲んで公卿を決めたという形をとったところが、藤原武智麻呂というご仁のすごさ、この手腕が長屋王をおとしめた……――

と、古麻呂は思う。すでに長屋王事件の一ヶ月後に、藤原武智麻呂が大納言に、阿倍広成が中納言に、そして藤原房前が参議に決まっていたが……。

この時、新たに藤原宇合、藤原麻呂、池守の弟、多治比県守、長屋王の弟、鈴鹿王、県犬養三千代の子、葛城王、旅人の縁者、大伴道足（みちたり）の六人が参議に加わり、他に舎人親王と新田部親王が加えられた。

――公卿九人の構成が、皇族二人、阿倍と多治比、大伴の代表各一人に藤原四兄弟……

そして、藤原氏出の天皇に皇后と、新しいまつりごとは藤原一色――

と、古麻呂はつぶやき、まつりごとの前途を案じるのだった。

真保郎女は、鈴鹿王の邸へ、参議就任の祝賀の手伝いにと招かれた。道々、鰯雲に埋まる空を仰ぎながら、真保郎女は、藤原氏勢力拡大より何より、遣唐船がいつ出るかが気になっていた。

――誰も、忘れてしまったように、唐国の話をなさらないけれど……――

「真保郎女……」

急に名を呼ばれて、真保郎女がわれに返ると、

「真保……。もっと胸を張って、さわやかにお歩きなされませ。領布（ひれ）の色合いも、華やかなものになされませ。私が九州へ発つ前と同じ色の裳では、男の心は得られませんのよ。賢い女でなく、幸せな女になられませ」

声をかけたのは、とうに年をとることを忘れてしまった、艶やかな大伴坂上郎女。

太宰師、大伴旅人は夫人、大伴郎女を伴って西下したものの大伴郎女が間もなく亡くなったため、異母妹の坂上郎女は九州に赴き、旅人は長屋王の変のあった十一月に臣下最高位の太政官として帰京した。その時、坂上郎女も都に戻って来たのである。

「あら、いつ九州から帰られましたの……」

ぼんやりしていたために、思わぬことが真保郎女の口をついて出た。よく知っていたのだけれど……。

「まあまあ、世事にもうとくおなり遊ばしまして……危のうございますわ。そんなことでは……。わたくし、大宰府で、家持（やかもち）の世話などしておりましたけれど、昨年（天平二年、七三〇）の秋、大納言の多治比池守さまが亡くなられまして、旅人がその後任として帰って参りましたの。旅人は帰ってすぐ大納言になりましたけど、旅の疲れからか帰った翌年死んでしまいましたのよ。帰って一年もちませんでしたわ」

「ええ、そのことは……」

「同族ですものね。でも私のことはお忘れでしたの、私も大伴ですのよ、ホホホ。そんなことより、麻呂さまなど、以前のままだなんて、結構、色目使いますのよ。でも私、宿奈麻呂にも先立たれまして、今は阿倍虫麻呂と暮らしてますの。

虫麻呂の申しますのに、私のように、どこへでも行ってどんな男とも話す女を妻にしている男は、神経が疲れて長生き出来ないって。だから穂積皇子も宿奈麻呂も亡くなったって。麻呂さまは利口だからほどほどに遊んで深みに入り込まなかったから身がもっているなんて、憎まれ口たたきますの。

でも男の方って、女を殺したいくらいに魅せられることが幸せですのよ。ですから私、つき合った男をみんな幸せにしましたの。

真保さまも、男を幸せにできる女におなり遊ばせ。さもないと、真保郎女は女でないなどと、世間の口は結構うるそうございますのよ。

どうせ言われるのでしたら、幸せになって、嫉妬からのかげ口を楽しんで聞く方がよろしゅうございますわ。今度お逢いする時は、好いた男の名、ぜひお聞かせくださいまして、ホホホ」

言うだけ言うと、坂上郎女は、ちょっと可愛げに小首を曲げて挨拶し、離れて行く。

――不思議なお方――

と、真保郎女はいつも思う。風変りなことを聞かされても、さわやかで、一向に嫌な感じがしないのだ。

しかし、呼べども答えぬ、はるかな地にいる仲麻呂をしのぶだけの真保郎女には、坂上郎女の輝きが遠い世界のものに思える。

慕情

真保郎女は、針を置いて外へ出た。

春の野に霞がたなびき、足もとの菫や薺(なずな)さえかすんで見える。

――春の野に霞たなびき咲く花のかくなるまでにあはぬ君かも（巻十―一九〇二）

と詠んだのは、仲麻呂さまが唐へ発たれた翌年の春、あれから幾度、仲麻呂さまのおられない春を迎えたかしら……――

と思うより早く、凛々しい仲麻呂の横顔が見え、明るい笑顔が見えてくる。その幻であることが切ない。

再び針を無心に動かす真保郎女は、長屋王がすでに亡く、自分が静かな日ざしを感じながら針を動かしているその不思議が、無性に悲しい。その悲しみの中にまたも浮かぶ面影……

と、勢い良く駆け込んだ古麻呂が、叫ぶように言った。

「姉上、船が出ます。遣唐船が出ますよっ」

「えっ……」

「今日、内示がありました。天平四年（七三二）、遣唐船出航予定と……とにかくすぐです」

真保郎女は、全身の力が抜けるように感じた。待ち続けた阿倍仲麻呂に逢える日が近づいて
いると知って、喜びでふるえるはずの胸が、苦しい。

「古麻呂も行くのですか」

「もちろんです。亡き長屋王さまのお口添えもありましたし、仲麻呂さまとの約束もあります
し……」

「もう、十五年になりますわ」

「十五年、そんなになりますか。仲麻呂さまは三十……」

「三十六ですの」

「では、もう、白髪の一本や二本、生えているかも知れませぬ」

「ほんに……、私ももう三十二歳になりますもの……。

でも私、沢山のことを学ばなくてはなりませんわ。十五年も中国で学んで帰る仲麻呂さまと、せめて対に話せるよう、書も読み、琵琶も琴も奏で、舞も学び、歌も、笛も……」

「無理なさらぬことです。姉上は今のままで十分魅力的ですから」

「ありがとう。でも、少しでも仲麻呂さまにふさわしい女になるよう、努めますわ」

「姉上は今のままで、たとえ帰国された仲麻呂さまが左大臣になられても、その妻として十分やって行けます」

「まあ、左大臣になどなりませんわ」

「ハハハ……、たとえです。とにかく、無理なさらぬことです。仲麻呂さまが帰られた日に、青い顔して寝てるんでは困りますから……」

「ええ、それはもう……」

「今頃、仲麻呂さまは、遣唐船が出るとも知らず、姉上をしのんでいるかも知れませぬ……」

「来年か、再来年には、お目にかかれますのね。何だかとても、恐ろしいような気がします。十五年間、片時も忘れず、待ち続けたその日の近づくことが、うれしくて仕方ありませんのに、もう一方で、とてもこわい……」

「急に聞いたので、この話が消えてしまうのではないかと、不安なのでしょう。そんなこわさは、仲麻呂さまが帰られれば、一瞬にして吹きとんでしまいます。

姉上、根をつめてお疲れになりませぬよう、もう休まれませ」

と、いたわるように言って、古麻呂は部屋を出た。

古麻呂の足音が遠のくと、真保郎女は、今日まで抑えに抑えていた慕情が、ほとばしり出るのを感じた。自分がいじらしくなるほど、慕情がつのる。

真保郎女は、筆をとって一首を書いた。


遠つ人猟道（かりじ）の池に住む鳥の立ちても居ても君をしぞ思ふ（巻十二―三〇八九）

玄宗皇帝に拝謁

天平四年（七三二）秋、正式に遣唐大使多治比真人広成（まひとひろなり）、副使中臣朝臣名代（あそんなしろ）らが発表され、翌年三月には宮中で節刀を賜わった。

古麻呂の倉庫から千本の袈裟が運び出され、丁寧に包装されて、牛車で難波津へ運ばれた。

そして四月三日、やや汗ばむほど、よく晴れ渡った日に、四隻の船は、五色の布をなびかせ、勇壮な曲に送られて、次々と出航した。

船は順風を得、舵取りの腕力もすぐれ、旬日を余して、揚子江南岸に達し、さらに五十里（二百キロ）の流れをさかのぼって行く。


都、洛陽についたのは、夕刻。そのまま一行は宿舎に休み、翌日、玄宗皇帝に拝謁した。

中央の大きな椅子に、ゆったりと、玄宗皇帝は座り、その脇に賢相として名高い姚崇（ようすう）、宗璟（そうけい）が控え、百官は、宮殿前の広場に威儀を正して整列していた。

大使、多治比真人広成、副使、中臣名代に続いて、遣唐使ら一行がしずしずと皇帝の前に進み、石段の前に止まったとき、妙なる楽の音が鳴り響き、次第にせせらぎのような、やさしい音色に変り、やがて消えた。

「予が玄宗である。大和の国からはるばると、大使はじめ皆の者、よう来られた」

と、玄宗。

その時、通詞（通訳）として立ち上がった人を見て、古麻呂は、思わずなつかしさで声を上げそうになった。

都が近づく頃から、どこかにいるのではないか、どこかで声をかけてくれるのではないか、

あの家のかげからか、あの大木のところでかと、期待し続けた阿倍仲麻呂その人なのだ。

型通り、玄宗皇帝への拝謁があり、姚崇の歓迎の辞、広成による天皇の勅の伝達が終わると、遣唐使ら一行は広大な部屋に案内された。

そこには、すでに各テーブルに山海の珍味が並び、十分な飲み物が用意されていた。

前方には一段高い舞台が作られ、美しい中国の娘たちが琴を奏で、数人の舞姫が、扇をあでやかに使って舞う。

「ああ、これが唐の都か」

と、その雅びに感動する古麻呂。

「何もかも、大きすぎるくらい大きい。大和へ行ったとき、これを上回る都はよもあるまいと思いましたが、唐の都は、想像を絶する大きさ……」

と、普照。

「この国で、和上にお教えを乞うのかと思うと、喜びでふるえます」

と栄叡。仲麻呂が近づいて、

「やあ、やっと来たな。一日千秋の思いで、今日の日を待っていた」

と、古麻呂の背をたたく。

「真保郎女さまは、達者ですか」

「もちろん、仲麻呂さまのお帰りを待ちわびています」

「嫁がずに……」

「必ず待ちますと、言っておりました通り……」

仲麻呂の目頭があつくなった。古麻呂も、じーんと、胸にこみ上げるものを感じながら、

「ここで、どんな暮らしをしていられるのですか」

と聞く。

「長屋王さまの仰せの通り、まつりごとを内側から見ようと、昼夜を分かたず猛勉強し、科挙に応じて、日本(やまと)の人としてはたった一人、進士科(しんじか)に及第し……」

「さすが、長屋王さまが見込まれただけのことはあります」

「いえ、ただ科挙に受かり唐朝の官吏となっただけのこと。最初は左春坊司経局校書に、次いで左拾遺、左補闕(けつ)に任じられ、多忙をきわめました」

「では、仕事一本やり……」

「仕事は仕事、日頃は儲光羲(ちょこうぎ)、趙曄(ちょうよう)、王維、李白などの文人と交流し、結構楽しんでます」

「仲麻呂さまのお連れした、羽栗吉麻呂(よしまろ)という……」

「吉麻呂は、こちらの、それは気だてのいい娘と恋をして、翔（かける）、翼（つばさ）という、二人の子に恵まれています」

「あの、童顔で可愛かった従者が、二人の父親……」

「十五年たっているのですから。大使藤原清河さまにも、喜娘（きろう）というお子がおられます」

「では、仲麻呂さまも……」

「いえ、私は独り身。真保郎女さまが待っていてくれますから……」

「それを聞いて、どんなに姉上が喜ばれるか。今からもう、姉上の笑い声が聞こえそうです。ところで、唐の都は素晴らしいですね。賑わいといい、建ち並ぶ家々といい……」

「玄宗皇帝は、すぐれたお方です。若くして中宗の皇后韋（い）氏とその一党を討ち、則天武后のために退位させられていた父睿宗（えいそう）を復位させて、自ら皇太子となり、二年後に皇帝になられ、広い国内を美事に治めています。

　地方を十五道とし、兵農一致の府兵制を募兵制にしたり、節度使を辺境の地に配備したりと、思い切った施策をどんどんとられ、しかも、すべて成功しています」

「天才……」

「そうです。まさに天才です。ちょうど私がこちらにつきました時は、玄宗皇帝が睿帝から帝位をゆずられ、唐朝のまつりごとを粛正し、律令体制を完全に打ち立てた時でしたから、本当に良い時に渡唐できたと喜んでいます……」

「今晩は」

薄い黄色の絹を着た、美しい娘が、古麻呂に声をかけてから、仲麻呂に、

「宴のあとでお逢いできますか」

と聞く。唐の言葉を話せる古麻呂に、それが分かる。

「いいえ、十五年ぶりの友と語りたく存じますので」

と、言ったまま仲麻呂はふり返らず、古麻呂に唐のうま酒をすすめると、その美しい娘は所在なげに離れて行く。

「美しい女性」

と、古麻呂。

「姚崇の二番目の娘、袁媛です。甘やかされて育ち、わが儘ですから、姚崇は賢臣なれど、袁媛を育て間違えたと、人々は言っています」

「はずれた子は可愛いとか……」

「目の中に入れても痛くないとはあのこと。袁媛の相手をすれば、望みは思いのままと言われ

たことがあります」

「子ゆえに迷う親、とは良く言ったもの……」

「で、仲麻呂さまは……」

「何の望みもない、早く大和へと思う以外は、ハッハッハ……」

「ハハハ……」

二人が笑っていると、品の良いやせ型の男が近づいた。

「旧友ですか」

と、親しげに。

「許嫁の弟です」

「はあ、真保郎女さまの……」

「こちらは宮廷詩人、王維さま。こちらは大伴古麻呂さま。武人です」

「よろしく」

と、王維は、古麻呂に盃を上げて挨拶してから、

「私は右拾遺でしたが、のちに仲麻呂さまと同じ左補闕となり、親しく交流していただいております」

「はあ、同じ役職の方で……」

――良い友達に恵まれて……――

と、古麻呂が内心で思ったとき、

「王維さまは、三十一歳で妻を亡くされたのち、再婚もせず、母、崔氏の世話を続けていられる高徳な方、長屋王さまなら、さしずめ表彰したくなるご仁」

と、仲麻呂が笑うと、

「いやあ、袁媛さまが私に声をかけてくだされば、いつでもお相手するのですが、どうも一度も声をかけてくださりませず……」

「ハッハッハ、こう言われると、いかにも遊び人のように聞こえますが、若くして進士に及第し、大楽丞に任じられながら、済州に流罪になるなど、世の裏表をよく知り、流罪中仏道を修め、画をたしなんだ仏子であり、風流人……」

「あまり褒めてくださるな、褒めればすぐぼろが出ます」

という王維に、

「私の友人のために、詩を披露されては……」

と、仲麻呂がすすめると、気軽に、

「では、ごく最近のものですが……」
と、王維は小声で吟じる。

「空山人を見ず
只人語の響きを聞く
返景深林に入りて
また青苔の上を照らす……」

――しーんとした深い山のどこかから、かすかに人声が響いてくる。暗く感じさせるほどの木立に日ざしが入り、青苔の上を照らしている――
永久につながる静寂、絵のような、限りない美しさ。楽の音のようななつかしい響き、深い思いと、大自然の景との、寸分の隙もない重なり合いを、短い詩の中に詠み込む。何とすぐれた詩人であることか、と古麻呂は、涼しげな目に微笑をたたえている王維を見る。

仲麻呂帰れず

「千本の袈裟のうち九百本については、日本の皇帝より、唐国の寺院への寄贈品として、各地の節度使を通し、完全に配布できるよう手続き完了致しました。配布先の表、お渡ししておきます」

と、仲麻呂のさし出した巻紙を見て、古麻呂も普照も栄叡も、胸をなで下ろした。

袈裟は、各節度使配下の、寺院の数により分けられ、各地へすでに運ばれたという。

「日数のたつのは早いもの、都へついたと思う間もなく、もう帰る日が迫っています」

と、古麻呂。

「公式の行事やら、非公式の面会、土産品の調達などで、日のたつのはあっという間、しかし私には、待ち遠しいほどの日数でした。一日も早く大和へ帰り、この目でふるさとを見たいとの思いが、日一日とつのって来るのがよく分かります。が、ただ……」

と、仲麻呂は、珍しく、ふっと顔を曇らせて、

「ただ、私に帰国許可書が届いておりません。羽栗吉麻呂や、翼や翔にまで届いていますので、今、確認を願い出ているところです……」

「それがないと、帰れないのですか」

「もちろんです。しかし、出ないはずはありません。きっと、何かの手違いなのでしょう。明

日にも、許可書は届くはずです」

「それなら安心ですが……」

「それより、人の出会いとは不思議なもの、深く出会い、喜べた分だけ、別れの悲しみを味わわなければなりません。

羽栗吉麻呂は、幸せな結婚をしたのですが、その子に翼と翔と、これは私が、鳥となって翔け、日本へ帰りたいとの思いでつけた名ですが、同じ思いをたしかめるまでもなく、吉麻呂の望郷の思いは激しく、こたびの帰国許可書を手にして喜んだのです。がその妻は、老いた両親を残して異国に旅立てないと、泣いています」

「………」

「では、今日は城内の見学と宴の予定。宴の済んだ頃を見はからって、宿舎へ訪ねて行きますがこれからすぐ美術品など見ていただきます」

と、仲麻呂。

すぐに、城内の美術品や書庫など、立派なものを見学した時、仲麻呂は、

「この鏡とよく似た鏡を作ってもらっています。いつ遣唐船が来ても良いように、周囲に真保さまを偲び続ける私の気持ちを書いた詩を刻んだ鏡です。その土産の鏡を手渡せる日の近づい

たことが本当にうれしい……。こわいくらいに……」

　とつぶやくように言って鏡を古麻呂に渡す。その夜は和風の料理を出されて大和路をしのび、宿舎に帰ると、すでに仲麻呂が待っていた。そして、

「今日、確かめていただいたところ、なぜか私一人、帰国許可が出てないとのこと、何かの手違いではないかとくり返し調べてもらいましたが、たしかに私の名は書かれてないというのです。洛陽出発を明後日に控えた今、事は急を要しますので、帰国許可を願う文書をしたため、明日早朝に提出する心算ですので、今夜はこれで帰ります。ゆっくり休んでください」

　と、言う。

「帰国の許可は、今から運動して、出るのですか」

　と、古麻呂が案じると、

「私は帰国許可願を、すでに出しているのです。それがどこでどうなってしまったのか、まだ分かりませぬが、もし意図的にとり消されたものなら、二つの理由が考えられます」

「二つの……」

「一つは袁媛です。彼女なら、父姚崇を動かして、私の帰国許可をとり下げることが出来るでしょう。

しかし、もしそうなら、私は袁媛を憎まなければなりませぬ。私の思いには何の配慮もせず、自分の思いを押しつけてくるというのでは、人間らしいやさしさのかけらも感じられませぬ。かりに私が、袁媛を一時の慰み者にする気なら、出来たのです。ただ、私は、どんなことがあっても、遣唐船が来れば帰る心算でしたから、袁媛の思いに応えなかったのは、私の誠意です」

「よく、分かります」

「多分、袁媛ではないでしょう。媛はわが儘ですが、しかし根はやさしく、今までも、私に何一つ、押しつけがましくしたことはありませぬ。

私の身も心も、ふるさとに待つ真保さまのものと知って、その思いを、結果としては大切にしてくれていたのですから……」

「とすると、他に……」

「千本の袈裟です。あの袈裟にあった偈が、宮中の一部で問題にされたと聞きました」

「あの袈裟が、問題とは……」

「実は、玄宗皇帝には、逸材の流出を恐れ、人物をあつく保護すると同時に、許可なくして国外へ去ることを禁止しております。

そのため、長屋王さまの作られました和上よ、わが国に来られ教えをとの、『山川域を異にすれども風月天を同じゅうす』の偈が問題にされたという噂を耳にしたのです。

もちろん、そうであろうと思って袈裟をあずかるなり、私は時をおかず、上部の許可を得ず、すぐに配布してしまったのです。

もう国の隅々まで配布されてしまった袈裟を、今さら回収したところで、多くの僧はあの偈を読んでしまっているのですから、唐国の和上を連れ去らんとの日本の計画に助力した阿倍仲麻呂は、知りながら国法を犯し、怪しからぬ、ということになったきらいがあります」

「袈裟の配布が、そのようなことに……もっと簡単に考えておりましたが……」

「日本で欲しい和上は、唐国でも欲しい和上なのです。で、私の帰国許可のおりないのは、このあたりかとも思いますが、とにかく日本へ行ってもいいという和上がいるかどうかさえ分からぬ、雲をつかむような話で帰れないのはおかしいと思いますので、帰国許可願をもう一度出してみます。では、残り少ない唐国での夜、ゆっくりお休みください」

と、仲麻呂は帰って行く。

翌日、古麻呂たちは、日本へ持ち帰る土産品の最終調達やら、唐朝の誰彼への挨拶やらで、多忙をきわめた。その夜、仲麻呂がやって来て、

「今日中には帰国の許可がおりることと思って待っていたのですが、まだ届きません。多分、

次にお目にかかるのは、船中で、ということになりましょうが……帰国許可願につけて出した詩です」

と言いながら、一枚の紙片を置き、

「今にも、許可が届くやもしれませぬゆえ」

と、早々に帰って行った。残された紙片には、

「義を慕うて名空しくあり
忠を愉んで孝まったからず
恩を報ゆるの日あるなし
国に帰るはいつの年と定めむ」

と、流麗な達筆で、

――故国の両親がすでに老いて、帰りを待っております。人の子として両親のもとに帰り、孝をつくしたいと存じます――

との心情を吐露している。

しかし、九月も中旬、洛陽を発つ日になっても、仲麻呂に出国の許可がおりず、許可がおりたら蘇州の港に許可書が届くよう手配して仲麻呂は洛陽をあとにし、今日許可がおりるか、明日届くかと待ち続けて、ついに十月も末、四船に分乗して出航する日がやって来た。

「何かの手違いです。帰国許可書は出ているはず。とにかく、私は乗船して帰ります」

と仲麻呂が言うのを、古麻呂もたすけ、

「遣唐使は、十年、十五年を最大限として学び、帰国してはじめて、その学んだところを生かせるもの。仲麻呂さまは渡唐してすでに十数年、今、帰らず次の遣唐船を待っては老いの域に入ってしまいましょう。それではわが国費の浪費というもの……」

と、仲麻呂の帰国を主張する。大使多治比真人広成は困り果て、

「唐国の許可せぬ者を連れて帰っては、今後、両国間の交わりにひびが入るやも知れず、個人の感情としては、連れて帰りたいのですが、しかし……」

と、二の足を踏む。

「それでは、第三船に、私の責任において乗船していただきます」

と古麻呂が言い張ると、何を思ってか、広成は、

「わかりました。必ず善処します。ご心配なく。それよりそなたは第三船へ行き荷の確認など、

定められた任務を果たすよう」

と、にこやかに言う。しかし古麻呂は、

「出航の日時を遅らせようとも、当然帰国すべき仲麻呂さまの、帰国許可がなぜ出ないのか確認し、共に帰国すべきです。それがわが国のためでもあり、わが国の願うところでもあります」

と、ゆずらない。

「日時を遅らせることは、潮の流れ、風の具合を見て舵とる船、とうてい無理。とにかく今一度、唐の官人に確かめてみます」

「確かめずとも、このまま乗船していればすむこと……」

と、古麻呂はゆずらない。

「とにかく、何とかいたしましょう。では、仲麻呂さまには、ここでしばらくお待ちください。そなたは荷の確認を」

と、広成。古麻呂は、広成にはかまわず、

「仲麻呂さま、ともに日本へ。出航間際までに出国許可の下りない時は、必ず第三船の私をお訪ねください。私の責任において、事を運びますゆえ……」

「必ず、日本へ……」

「必ず……」

二人は誓い合い、古麻呂は第三船へ移るべく船を下りた。

やや離れて、事の成り行きを見ていた玄昉は、広成を傍らへ呼んで、

「栄叡さま、普照さまの話では、長屋王さまが千本の袈裟の配布と和上の選を仲麻呂さまに申し出て、便宜を乞えと言われましたとのこと。和上の出国を禁じている唐朝では、その事情をご存知の仲麻呂さまの行動から、意図的に出国許可を出さなかったのではございませぬか。もしかすると袈裟が問題なのではなく、国家機密に関するもっと重大なことが原因かも知れませぬ。がたがたさせては事が面倒。出航間際に下船してもらうしかありませぬ」

と、ささやく。

「玄宗皇帝より金の袈裟を受けられ、ご信任のあつかった玄昉さまがそう言われますのなら、そのように致しましょう。

帰国して、あの激しい古麻呂さまがどんなに怒るかと思いますと心重くなりますが、事は国家間のこと、個の問題ではありませぬゆえ……、ではさっそく出航の順を変更し、第四船から出航すると連絡させましょう。そして仲麻呂さまには、古麻呂さまの居る第三船に乗るよう言って下船させれば仲麻呂さまの目ざす第三船は出航したあと。もう上船は出来ませぬ。気の

毒とは思いますが、唐が帰国を許さぬ仲麻呂さまを連れては帰れませぬ」

と、広成。

七　疫病流行

潮鳴り

真保郎女の胸は、潮鳴りより高く脈打っていた。すでにあたりは人で埋まり、勅使も座についている。真保郎女は、出航の時、仲麻呂が肩をたたいて笑みかけた、松の下に立っていた。幾度か足を運び、まだ見ぬ唐の都を思い、仲麻呂をしのんで、時には泣いた十五年が、一瞬のように……

「船が見えたゾォ……」

誰かが大声で叫ぶと、人々のどよめきが起こった。

真保郎女が目をこらして間もなく、水平線の彼方から白帆が見え出し、すぐにはっきりと船の形になった。

——こわい……仲麻呂さまとの十五年ぶりの再会が……——

必ず来ると分かっている人を待つ、はちきれそうなひとときの胸の痛み……

船上の人々が見え、やがてその一人一人がはっきりと見え出し、ついに船が次々についた。

船上からも地上からも、帰船を喜ぶ曲が奏でられ、五色の布が舞い、やがて、船上の人が降り出した。

真保郎女は、目を皿のようにして、その人々を見た。

——あっ、仲麻呂さま——

と思っては、

——でも、少し背が低いかしら——

——あっ、あの方こそ、仲麻呂さま……でも、ふり返られたごようすが、何だか違うような……——

などと目をこらしていると、古麻呂が降りて来た。古麻呂の近くに仲麻呂さまがいられるのでは……と、気を張って、真保郎女は、一人一人をとらえるため、背のびしたり移動したり。

船から降りる人がとだえても、真保女郎は、仲麻呂の姿を見出すことが出来なかった。

——こんなにお待ち申し上げておりましたのに、仲麻呂さまを見落としてしまうなんて……

——

と、真保郎女は情ない。

——極端に太られたとか、痩せられたとか……でも、とにかく、もうすぐお逢い出来る、この人ごみの中のどこかに、仲麻呂さまがいられる——

と、真保郎女は肩から力を抜き、あふれるほどの笑みをこぼした。

と、古麻呂が、人ごみを分けて近づき、

「姉上、ご機嫌よう」

と、明るく声をかけた。

「お帰りなさい。ご無事で何より……」

すっかり大人び、色もやや黒く、男っぽくなって帰った古麻呂をまぶしく思いながら、真保郎女は笑みかけた。

「それで…あの、仲麻呂さまは……」

「姉上、それが、急にお帰りになれなくなりまして、こたびは帰国なされませぬ」

「まあ、いつもの悪い冗談、よして頂戴。早く、仲麻呂さまにお逢いしたい。仲麻呂さまがお忙しければ、よそからでもお姿を拝見したいと存じますの。仲麻呂さまは……」

真保郎女が、笑いながら、古麻呂を軽くたしなめると、古麻呂の目に、かすかに涙が浮かんだ。

「急だったのです。仲麻呂さまに帰国の許可がおりてないことは知っていたのです。それでも帰ると、船に乗られたのですが……。

船を降りられたと気付いたのは、九州について、第二船の人々と交流がもてたとき……」

「あの……」

「仲麻呂さまは、唐朝から帰国が許されなかったのです。理由は分かりませぬ。なぜ船から降りられたのかも」

真保郎女は、大地がゆらいだと思った。その瞬間、意識が混然として、自分がどこにいるのか、はっきりと分からない。

鏡

一人になると、真保郎女はさすがに眠れなかった。たった今、

――仲麻呂さまにお目にかかりたい――

との思いがつのり、帰らなかった仲麻呂を恨みさえする。

――どうして、笞打たれても牢へつながれても、帰ってくださらなかったのですか。

十年待てと言われて、十五年、待ちました。

昨日、遣唐船は帰りましたのに……。

次の遣唐船で必ず帰ると言われましたのに……。

もし、み仏にお慈悲がおありでしたら、私に明日をくださいませぬように。

眠ったまま、二度と目覚めませぬように――

狂った方が楽……狂ってしまいたい……。


現(うつつ)にはあふよしもなし夢にだに間無く見え君恋に死ぬべし（巻十一―二五四四）

現実にはお逢い出来ないのですからせめて夢に現われてください、仲麻呂さま、私は恋の苦しさに死んでしまいそうです、と書きしるし身を横たえはしたものの……。

翌朝、真保郎女は起き上がらなかった。食事も欲しくないという。

夕べが来ると、古麻呂は土産の唐の簪(かんざし)を持って、真保郎女に声をかけたが、

「ありがとう。でも今はまだ見たいと思いませんの」

と、部屋に入れない。

「このままでは倒れてしまいましょう……」

と、母が心配して、夕べには一口でも食べるようにすすめるつもりで食事を運んで来て、

今は吾は死なんよわが背恋すれば一夜一日も安けくもなし（巻十二―二九三六）

との机上の歌を読むと、言葉もなく涙した。

母の涙を見て、悪いと思ってか、真保郎女はわずかに箸をつけたが……

数日して、羽栗吉麻呂が、真保郎女を訪ねて来た。真保郎女は、すっかりやつれていたが、それでも吉麻呂を迎え入れた。

「遣唐船が来るとの知らせがあり、仲麻呂さまと私は、手をとりあって喜びました。十五年ぶりに、日本へ帰れるのですから……。真保郎女さまにお逢いできると、それはそれは喜ばれ、お土産は何がいいだろうなどと、珍しくはしゃいだりなされました」

「まあ……」

真保郎女の頬が、わずかに紅潮する。

「ところが、出航の前日になりましても、仲麻呂さまの出国許可が届きません。郷愁の思いは、

唐で暮らした誰もが、痛いほど知っていること。で、遣唐使の仲間が、みな、仲麻呂さまもともにと賛成してくれましたので、半ば公然と、仲麻呂さまは乗船されたのです」

「……」

「出航間際でした。仲麻呂さまは、古麻呂さまの乗られた第三船へ移るよう、広成さまに言われまして、身のまわりの必要なものだけ持たれ、では日本で逢おうと私に声をかけてくださり、船を下りられたのです。

ところが、それが船から下ろす口実だったと、九州について分かりました。多治比広成さまは、唐朝の許可せぬ仲麻呂さまを、帰国させてはならないと考えられて、仲麻呂さまを下船させたのです。なぜならその時、すでに第三船は、岸をわずかに離れていたらしいのです。

第一船からでなく、第四船からの出航とは、仲麻呂さまも私も、思いもしなかったのです」

「まあ……」

「古麻呂さまは、九州についてそのことをお知りになりますと、拳を固めて広成さまに抗議いたしました。しかし、それが何になりましょう」

「……」

「昨日は古麻呂さまが来られ、姉上から、古麻呂は、十五年人を待つつらさが分かりますか、と言われたと、涙ぐんでいられました。あの気性のしっかりした古麻呂さまが……」

「………」

「この上、さらに十五年待てと平気で言うのですかと、姉上に言われたとき、仲麻呂さまも彼の地でそう叫んでいられるのだと、はじめて気がつかれたと……」

「仲麻呂さまも……」

「仲麻呂さまは、私の二人の子に、翼(つばさ)と翔(かける)と名付けてくださいました。鳥なら翼を広げ天翔けて日本へ帰れるものを、との激しく切ない望郷の思いを、名にしてくださったのです」

その時、真保郎女は、はじめてほっと深い息を吐き、

「私、あの……今まで、自分の思いばかりで、仲麻呂さまのお気持ちまで考えるゆとりをなくしておりました……」

「それは当り前です。ただ、真保郎女さまがご病気になられませんようにと、そればかりみなさまが案じていられます」

仲麻呂さまは、唐の都に生きていられるのです。かならず船の便のあり次第、帰っていらっしゃいます。それまで、どうかお体に気をつけてくださりませ。

仲麻呂さまは、口ぐせのように、真保郎女さまはお痩せになりはしないか、などと話してい

られました……」

「そのように、おやさしいことを」

「遣唐船来るとの報せがあったとき、仲麻呂さまは、この十五年で学ぶべきことを学んだ。日本へ帰って、この知識を生かし、実践できると、目を輝かしていられました。何としても帰国しようとなされて帰れなかった仲麻呂さまのご無念を、分かって上げてくださりませ」

「ええ、それはもう……ただ、女は愛した人にすべてを捧げるもの。仲麻呂さまなくして、私の人生はありませぬ。仲麻呂さまのいらっしゃらない毎日はただ息をしているだけ。私の本当の生活でなく、ただふわふわしているだけ」

「仲麻呂さまとて、同じでございます。仲麻呂さまは、妻をもつことを許されない僧として唐へ行かれたのではござりませぬ。ただ、真保郎女さまへの思いを大切にするために、独り身を通されたのでござります。その仲麻呂さまが、どんなに真保郎女さまのもとに帰りたかったか、どうぞ偲んでさし上げてください。

これは、仲麻呂さまが真保郎女さまへの土産にと腕のいい鏡師に作らせた鏡にございます。仲麻呂さまはご自身でお渡しするおつもりだったのですが……鏡に仲麻呂さまの気持ちを書いた詩が書かれております。どうぞお受けとりください」

「まあ素晴らしい鏡……」

「真保郎女さまへの土産として早くから注文して、帰る日を待っていた品にございます。仲麻呂さまが船から下りられる時、土産の荷を我がおあずかり致しました。古麻呂さまの船へ急ぐためには身一つでなくてはなりませんでしたから」

「詩が書かれておりますのね。あとでゆっくり読ませていただきます。何度でも……」

「はい、日本を思い真保郎女さまを思う詩にございます」

「鏡をお届けくださいまして本当にうれしく存じます。私……仲麻呂さまが名を付けられたという、そなたの二人のお子にお逢いしたいのですが、ご一緒に来たのでしょうか」

と、わずかにゆとりを見せて言う。

「はい、日本に連れて参りました。では、待たせておりますので」

と、吉麻呂は、二人の子を呼び入れる。聡明そうな、可愛らしい二人の少年は、教えられていたのか、日本式に丁寧に挨拶する。

「まあ、遠い国へ、よくいらっしゃいました。どちらが翔（かける）さまなの」

と、真保郎女は、すっかり二人の子を気に入ったようす。

「とにかく、こちらの言葉が不自由ですし、今はまだ友達一人いず、可哀想なのです。こうしてよそのお宅に伺うだけでも、この子たちはうれしいのです」

「まあ、そうですの。では今日は、ここで夕食、召し上がりませ。おいしいものを食べさせてあげたいわ」

と、真保郎女は、二人を台所へつれて行き、

「いっしょに作りましょう。これが蟹、これがさざえ……」

などと日本名を教えながら、楽しそうに食事の仕度をはじめ、翔たちが魚を焦がしてしまうと、声を立てて笑う。

母は、真保郎女の笑顔にほっとして、吉麻呂に、

「二人の教育係を、真保にさせてやってくださりませぬか。本来ならあのくらいの子があって当然の年ですから」

と、吉麻呂に頼む。

翌日、真保郎女は、二人の子を摘み草に連れて行き、

「これは大和言葉で芹……」

などと教え、三日後には、難波の津まで早朝から連れて行き、

「ここから、お父上も、仲麻呂さまも、船に乗って唐へ行きましたのよ。帰った時と同じ所

……」

などと、話して聞かせる。二人の子も、すっかり真保郎女を気に入って、

「真保さま、真保さま」

と、訪ねてきては笑い声を立てる。

見かけだけでも明るくなった真保郎女に、安心して疲れが出たのか、

「吐き気があるような気がして、何となく気持ちが悪い」

と言う母に、寝ているようすすめると、半日ほど横になっただけで、あとは元気に動いていた。ために、さして気にしていなかった真保郎女が、数日後、起きて来ない母を見に行くと、すでにこの世の人ではなかった。

真保郎女は、茫然として、悲しむことさえ忘れていた。

疫病流行

「恐ろしい病が流行したもの、昨年（天平八年、七三六）、阿倍継麻呂（つぐまろ）以下百名が新羅へ行った際、六十名が病没、わずかに四十名が帰って来、副使の大伴三中（みなか）が、アバタ顔で帰朝報告に来

朝した時には驚いたが……。

　この時、三中は、玄宗皇帝が洛陽から長安に都を移したなどと、唐のことまで報告した。知り得たことをすべて報告しようとしたのだろうが、それ以来都に疱瘡（もがさ）（天然痘）が流行し、年が改まっても、いっこうに衰える気配を見せぬ。気をつけねばならぬが……」

　と武智麻呂。

「どう気をつければよろしいのでございましょう。腰や腹をあたたかくしておき、生水を飲まず、韮や葱を多くとるように、などの太政官符が出ておりますが、あのいくつかの項目を守れば、本当に大丈夫なのでございましょうか」

　と、武智麻呂の妻。と、

「房前さま、ご逝去」

との、寝耳に水の知らせ。とるものもとりあえず、武智麻呂は房前邸に駆けつけた。天平九年（七三七）四月十七日の、激しい風の午後。

「まだ五十七歳、しかもご壮健でいられたのだから、この病さえ伝わらねば、ますますご活躍されたであろうに……」

　と、宇合はしきりに残念がる。

権力を手中にしているとはいえ、内臣の地位にあり、実権をにぎっている房前の死は、藤原氏にとって痛手なのだ。

葬儀が終わるや、麻呂が寝込んだ。その麻呂から、

「兄上（房前）と同じ病ゆえ、見舞はいらぬ。生命なき場合には、葬儀の参列も遠慮してほしい。死体は焼き捨てるよう、命じてくれればいい。兄上を慰めに、あの世へ行く。すぐ来るには及ばぬ」

と言って来たが、武智麻呂も宇合も、

「どんな病であれ、兄弟を見舞わぬなど人の道に反する」

と見舞いに行き、七月十二日に四男の麻呂が四十三歳で他界すると、そのあとを追うように、七月二十四日には武智麻呂が五十八歳で他界、宇合もすでに倒れていて葬儀には参列できず、八月五日、四十四歳の若さで亡くなり、天皇家まで左右した藤原四兄弟が、あっと言う間にこの世を去った。

「長屋王さまのたたり……」

との、もっともらしい噂が流れ、朝廷でも放っておけず、長屋王の鎮魂を秘めて、病を鎮めるべく、三月には、諸国に、丈六の釈迦如来像を各一体作るよう命じ、大般若経を写せしめた

が、疱瘡は衰えそうもない。

公卿たちが疱瘡で次々と倒れ、逝去してしまったため、宮中ではとり急ぎ後任を任命した。参議　橘　諸兄（はじめは葛城王と称した・藤原不比等の子で光明皇后の異父兄）を大納言に、長屋王の弟鈴鹿王を知太政官事に、多治比広成、藤原豊成を参議にし、大伴道足を加えた五人でまつりごとに当たることにした。

諸兄政権の誕生である。

大伴子虫、東人を斬る

「ひどいことばかり、よく続いたものです。まず飢饉……」

「天平五年（七三三）まで飢饉が続いて、その翌年は大地震、人々の暮らしは困窮しきっておりました。にもかかわらず、聖武天皇には難波宮を改造され……」

と大伴子虫。

「人々はますます追いつめられました。その上天平七年（七三五）には、凶作の上に疱瘡の流行と、人心の安まる間もなく、藤原四兄弟は相次いでご他界……」

「今年（天平十年）に入って、やっと疱瘡も下火になり、人々は落ちつきをとりもどし、それぞれのなりわいに精を出しはじめ、ほっとしたところ……」

と子虫。中臣宮処東人の囲碁の強さは定評があり、子虫と好敵手で、二人はパチリパチリと碁を打ちながら、とぎれとぎれに話していた。

「風が出たようですな」

「……」

「少し風を入れますか」

東人は、立って、扉をあけながら、

「藤原の四兄弟が、惜しくも相次いで他界され、橘諸兄さまの天下となられたかに見えますが、しかし、阿倍内親王さまが立太子となられ、まずまず藤原氏は安泰と考えるべきでしょうな」

「なるほど」

と、子虫は意にとめぬ気に聞き流す。

「藤原四兄弟の他界は、長屋王さまのたたりだと、いまだにまことしやかに言う人もおりますが……」

「長屋王さまは、たたるようなお方ではない」

と、子虫ははじめて東人を見た。

「いえ、そういうもっぱらの噂です」

「そなたは、長屋王さまの人となりを知らぬから、そのような口車に乗るのだ。長屋王さまほどに正義の方がいられたか、考えれば分かること、たたるようなお方ではない」

「しかし、長屋王さまには基皇太子を……」

子虫は、長い間抑えていた怒りが急に噴き出し、手にしていた碁石を投げつけて言った。

「黙れっ。いつ長屋王さまが基皇太子を呪ったか。あの高潔なご仁が、夢でさえ人を呪うことはあり得ぬのだ。東人、そなたは本当に長屋王さまが呪った現場を見たのか」

「いや、それは……」

「見もしないで、密告したのか。何という卑劣な奴だ。根も葉もないことで、あれほど偉大な人物をよくも殺害したな……」

「殺害など夢にも……」

「夢にも思わずに、己れの利のみはかったのか。人間、時には大義に立ち、己れの利は捨ててこそ男。この日本の利を考えれば、長屋王さまを密告するなど、狂っても出来ぬこと。愚かも愚か、大愚とはその方のこと」

長い間押さえていた怒りが、一気に噴き出すのを、子虫は感じた。東人は血相を変え、太刀を抜いて言った。

「もう一度、言ってみよ」

「おう。何度でも言おう。己れの利をはかり、長屋王さまほどの傑物を虚偽の密告で死に追いやった大罪人はそなただと言っているのだ」

「うぬっ」

東人が太刀をふりかざすより早く、于虫は東人の胸を突いていた。

その日、大伴子虫は、真保郎女を訪ね、静かに仲麻呂の思い出話などして、

「仲麻呂さまは必ず帰られましょう。それまで、お心静かにお待ちなさるがよろしゅうございます。古麻呂さまにお目にかかれず、残念ですが、帰られましたらよろしく」

と言って、帰っていった。そのあとだった。衛士が、子虫を引き渡せ、と言って来たのは……。衛士から、

「中臣宮処東人を殺害し、逃亡した」

と聞いた真保郎女は、長屋王を慕う子虫の心が、痛いほど分かった。が、その時以来、子虫は都から姿を消し、風の噂も伝わって来なかった。

藤原広嗣の乱

藤原宇合の長子広嗣(ひろつぐ)は、日ごろから仲の良い弟、綱手(つなて)と酒を酌みかわしながら言った。

「天皇側近の僧正玄昉と吉備真備は、利口で国をくつがえす者。生まれもいやしく心に品がない。排斥せねばならぬ」

「真備は吉備の豪族の息子と聞いていますが、たしか二十五歳で唐に渡り、四十二歳で帰国したと……」

「多治比広成や大伴古麻呂とともに帰って来たのだが、その時の土産がすごいのだ。玄防は盛唐様式の仏像と五千余巻の経典をもって帰り、聖武天皇は御感のあまり、玄宗皇帝と同じく、玄昉に紫の袈裟を下賜されたという」

「吉備真備も十八年間唐で学び、たしか唐礼百三十巻、大衍暦経(たいえんれき)一巻、楽書要録十巻、それに箭二十本、唐礼百三十巻等と、幅広い土産を持って来られましたとか、とにかく人々は、博学多才とほめたたえております」

「あの二人、天皇の信任を得、われら藤原氏のかつての座にすわり、都では傍若無人のありさまとのこと……」

「兄上、宮子皇太夫人の話、聞かれましたか」

「聞いている。怪しからぬ話よ。何十年もの間、どの医師も治し得なかった宮子皇太夫人の憂愁が、玄昉の祈禱で治り得たのは、祈禱によってではなく、玄昉の体によってであるとのもっぱらの噂……」

「そのようなことが、あり得ましょうか」

「あり得ぬようなことが、起こり得るのが、人の世よ。われら二人は人も知る藤原宇合の子、まず、橘諸兄中心のまつりごとが発足した当初は、従五位下に任じられ……」

「兄上は翌年四月には、大養徳守という名誉ある官に任じられました」

「そこまでは良かったのだ。ところが、その年の暮れに大養徳守を免じられ、事もあろうに大宰府の次官に任命された。誰の目にもはっきりわかる左遷だ。あの二人にとって、今まで権力の座にいた藤原一族は、邪魔者以外の何ものでもない」

「従兄の豊成が参議になってはいても、まるで発言に重みはなく、このままでは、われらはいつ都へ帰れるかも分からず、父宇合の足許にもとどかぬ有様。世間の者は、宇合の子はそろって能なし、とあざ笑っていよう。笑わば笑え、この広嗣、宮中を二人の奸臣の思うままにはさせぬ」

広嗣は、昂然と期するところあるやに言う。

その夜、広嗣は、時のまつりごとを痛烈に批判し、玄昉と真備の処分を要請した上表文を書いて都へ送った。


上表文が都に届いたのは、天平十二年（七四〇）八月二十九日。九月三日には、広嗣が大宰府管下の兵を動員し挙兵したとの早馬が朝廷に着いた。

宮中では、古麻呂ら武人も、公卿とともに参列しての御前会議がもたれた。開会と同時に、「逆臣討つべし」の意見が出て、玄昉も真備も溜飲を下げた様子。九月四日には、隼人二十四人が、天皇のご在所に招集され、橘諸兄が勅を宣し、従軍を命じた。武人、佐伯常人、阿倍虫麻呂にも、勅使として軍に加わるよう令が下り、大将軍、大野東人に従う軍勢一万七千。

古麻呂は後詰として都に残った。戦況の知らせが早馬の制を使って、待機する古麻呂の許にまず届き、古麻呂は戦況を宮中に即時報告する。

「二十一日、大将軍大野東人には、長門国豊浦郡の郡司に、精兵四十人をさずけて海峡を渡らせ、上陸地点を確保。翌二十二日には、勅使佐伯常人、阿倍虫麻呂は隼人二十四人と四千の精兵をつれて渡海し、板櫃（いたびつ）の鎮（兵営）を急襲し、勝利をおさめました」

との最初の報告の時には、聖武天皇は、身を乗り出すようにして聞かれていたが、何事も言われず、橘諸兄が、

「戦況良しとのこと、上々である。次の報告のつき次第、参上せよ」

と、代って言葉をかけた。

古麻呂は、

――壬申の乱以来、実戦となったのはこたびがはじめて。二百年続いた和平が、光明皇后の甥によって破られたことに、上下ともに動揺しているようす――。

と思ったものの、口にはしなかった。

次の報せが届くと、古麻呂は上申すべく宮中に行ったが、聖武天皇にはご不快とのことで、諸兄以下の公卿が座についていた。

「広嗣は、筑前国遠賀（おんが）郡に到着し、郡衙（ぐんが）を本営として、国内の兵を徴集。朝廷のお召しと錯覚して集まった軍兵が、朝廷に仇なす軍に召集されたと気付き、二十五日には豊前国の諸郡の郡司を中心に、七、八十人、時には五百人も一団となって、官軍に帰順しているそうにござります」

「なるほど、朗報この上ない。ところで、先の全九州の人々にあてた勅は届いたか」

と、諸兄。

「はい、二十九日には、人民に周知せしめうるとの報告にございます」

「では、戦さも間もなく終わるであろう。次の報告、つき次第知らせよ」

と、諸兄。

――逆賊広嗣は、若年より凶悪、亡き父式部卿はかねてより廃嫡したいと言っていたが、朕がなだめて今日に至った。が親族を誹(そし)るため、改心させようと遠方に移したが、身勝手な反抗をはじめ、人民を苦しめている。不孝、不忠のきわみ、天地神明は広嗣を滅ぼすであろう――との勅がすでに出されたが、広嗣は配布係の者をとらえてしまったため、中央の意は人々に伝わらなかった。ために、今度は、数千枚写して九州に送ったその勅符が、二十九日に配られるとの報告が届いた。

――十月九日には、広嗣の軍一万余騎は東に進み、板櫃河をはさんで佐伯、阿倍両軍六千と対峙。このとき、佐伯常人は、隼人をえらんで、

「官軍に抵抗すれば、本人はもとより、妻子親族に罪が及ぶ」

と、隼人語で叫ばせ続けた。

すると、広嗣方の隼人は誰一人、矢を射なくなった。戦意の衰えを案じたのか、白馬に乗った広嗣が進み出て、大音声で、

「勅使とは誰か」

と聞く。

「衛門督（かみ）佐伯大夫と式部少輔安倍太夫」

「わかった。私は勅命に反抗しているのではない。ただ朝廷を乱す二人を引き渡してほしいと申し上げているだけだ」

と、広嗣。

「それなら勅命で大宰府の主典（さかん）以上を召喚しているのに、なぜ軍兵をつれ押し寄せるのか」

広嗣が沈黙すると、問答を見ていた隼人の中から、三人が河へ飛び込んで官軍方に泳ぎつき、助けられて岸へ上がった。その無事を見ると、隼人や広嗣の部下が、ここでも二十人、三十人と官軍方に帰属して行く。この時、広嗣は、動員した兵を三手に分け、弟の綱手は豊後、多胡、古麻呂は田河から官軍を囲む計画を立てていたが、両軍が到着しないうちに、広嗣は退却をよぎなくされてしまった。

十一月三日早朝。

「十月二十九日、安倍黒麻呂という一兵士が、松浦郡長野村で藤原広嗣捕縛」

との報が届いた。

すぐに古麻呂は馬を馳せ、伊勢国河口村におられた天皇に奏上した。

天皇は、

「直ちに、法によって罰せよ」

との仰せ。

帰るや、古麻呂は勅を伝える使者を送ったが、入れ違いに報せが届いた。

「十一月一日、藤原広嗣、誅し終る」

と。

八　大仏開眼

大徳行基

「誰も愛してくれないと世を恨んでいた人が、谷に落ちた子を生命がけで助けた樵（きこり）を見て、はじめて人の無償の愛に気付き、恨んでいた世を、かけがえのない大切な世と思うようになった。この人の、表面は同じでも、中味はまるで違う。同じように、子に死なれた母は、表面は何の変わりがなくとも、全く別人になりうる。いいかな。よーく聞いてくだされ。

このように、一つの変化が、全人格を変えうるように、この世のありとあらゆるものは、すべて互いに響き合っている。

何ものとも関わらない個の存在はないのだ。すべての人は私と関わりを持ち、私が変わればまわりの人々も変わる。もしこの世が住みにくいと思っているのなら、自分のどこかに間違いがあるからだ。住みにくさは自分の影。わかってくれるかのう」

と、行基は言葉を切り、集まった人々を見廻した。その眼が限りなくやさしい。

真保郎女には、行基の話がよくわかった。仲麻呂が帰らなかった時をさかいに、真保郎女は、心の深みで、救いようのない孤独感にあえいでいた。だから、行基の法話が身にしみる。

「よいかな。この世のありとあらゆるものは、すべて響き合っている。

私はたった一人、誰一人、私をわかってくれないし、誰一人、本当には私のことを心配してくれない、と思うことがある。

しかし人は、すべての人と、深いところで、やさしく関わっているのだ。

ここに気付けば、やわらかな心が生まれて来よう。そのやわらかな心で生きて行けば、毎日が豊かになれるのだ。そうなれば、もう、人に求めることもなく、人を恨むこともなく、限りなくあたたかな、やさしい心をもって、日々感謝し、悠々と生きて行けるのだ。善いと思うこと、人さまの役に立つことを行なって、明るく生きて行けるのだ。

いいかな、これがみ仏の教えよ、わずらうことなく、悠々と生きよ、生も死も、おそれずに
と、み仏は教えていられるのだ。

さて、どこか分からぬところがあれば、遠慮なく聞いてくださらぬか」

すると、遠慮がちに、一人の農夫が聞いた。

「行基さまの話を聞くと罪になるから、聞くなと言われましたけんど、こんなありがたいお話聞いて、どうして罪になるんでしょう」

「ああ、そのことですか。宮中では、私がよからぬ話をして、みなさまを惑わしている。小僧行基に話をさせてはならぬと、禁令をくり返し出しているのです」

「小僧って、僧ではないんですか」

と、老婆。

「朝廷では、私を僧と認めてくださりませぬ。しかし、朝廷で認めたから僧だというのは間違っておりまして、み仏の前に立ち、正しくみ仏の教えを聞き、実践する者が僧なのです。ですから、私は、朝廷で認めなくとも僧です。私は十四歳で出家し、薬師寺で学問と修行に励み、仏教の素晴らしさを知りました。

この仏教を、われ一人のものとせず、人々に伝えたいと願いました。

仏教に触れることで、心底人々が幸せになれると確信できた時、私は生涯をかけて仏教を伝えねばならぬと思ったのです」

「お話はよく分かります。しかし私は、ご覧の通り、生まれながらにして片足が短く、人さま

れませぬ」

にさげすまれ、友もなく、老いを迎えました。こんな私には、み仏の慈悲などとうてい信じら

と、初老の男。

「そうでございましょう。そうでしょうとも。あなたのお立場で、あなたのように考えられるのは当然のこと。あなたは深い悲しみを知っていられるだけ、純粋な心をお持ちです。

考えてみてくだされ。悲しいことに、この世には男としての幸せ、女としての幸せを知らずに、空しく老いる人もたくさんおられます。

生まれつきにせよ、何かの事故にせよ、体の不自由な方も沢山おられます。親に捨てられた子、家族のみんなに先立たれて、ひとりになってしまった方もいれば、業病に泣いておられる方もおられます。

私一人が、不幸……なのではないのです。

幸せと思おうとも、不幸と思おうとも、要は、人は窮極では一人に耐え、現実を、今を生きるしかないのです。

で、この世は一人……と本当に覚悟し、己れの淋しさを直視できれば、人々とこうして集えることがありがたく、誰かとほんのわずかでも話が出来、風のそよぎやせせらぎに耳傾け、空

行く雲や咲く花に感動できる。それだけでも十分幸せと思えるのです。

み仏に要求してはなりませぬ。ありのままを素直に受けとり、ありのままの現実の中で、よりよく楽しく生きる工夫をすることです。

考えてみれば、こうして着ている着物も私がつむいだのではなく、今朝いただいた粥の米も、人さまに作っていただいたもの。生きているということが、すでに人々のおかげで成り立っているのです。

そこに気づけば、不幸な立場のままで、人さまに、やさしい言葉をかけられましょう。このように生きることが、豊かに生きることであり、合掌して生きることです」

と、行基は、初老の人の目をやさしく見、わずかに微笑んでから、大衆のすべてに、自然に視線を流した。そして、

「私が生きられるのは、人さまのおかげです。私は、自分の力で生きているので、人さまの世話には金輪際なってないといくら思おうとも、事実として、人さまのおかげで生きていられるのです。

ですから、いくら一人で生きていると思っても、人さまとともに生かしていただいているのです。

人さまに生かしていただいているこの現実を生きるとは、人さまにつくし、人さまのいいようにと、工夫して生きることです。

その思いを、森羅万象に広げて、木が、草が、虫が、鳥がそして魚が生命あるすべてのものが生きやすいように、との祈りをもって生き、出来る限り、生命あるものを傷つけぬように暮らし、さりとて傷つけねば生きられぬ、人の業の痛みを感じた時は、合掌するしかありませぬ」

「行基さまこそ、本当の僧。僧の中の僧、大徳さま！」

職人らしい男が叫ぶと、

「行基大徳さま、行基大徳さま」

と、人々は行基を一せいに拝む。真保郎女も、人々の後ろから、自然に合掌していた。

通りがかりに、ふと足をとめて、聞くともなく聞いた行基の言葉に、心をふるわせながら……気がつくと、行基は道端に出て、帰って行く一人一人を拝んでいる。

聖武天皇の発願

「聖武天皇には、このところお休みになれませぬか。お顔色も冴えませぬが……私が考えますのに、この平城京は、逆賊藤原広嗣の祖父、不比等の建立したもの、この地が天皇にふさわしくないためでござりましょう。天皇には、この地を去られ、いずれかの聖地にご安住なさるがよろしいかと存じます」

と、橘諸兄は聖武天皇にすすめる。

「そうよのう」

と、天皇は考え込まれたご様子。玄昉も、

「たしかに悪い事のみ続いております。凶作、疱瘡の流行、大地震と……、広嗣に汚されました平城京は、出るがよろしゅうござりましょう」

と、言葉を重ねる。

「広嗣に汚されたと言われましても、ここは一昨年の正月、光明皇后さまのたった一人のみ子阿倍内親王さまが、皇太子となられためでたいところでもあります」

と、藤原仲麻呂が言い出すと、諸兄が冷たい視線を投げかけたが、仲麻呂はかまわず、

「遷都となれば、莫大な経費も必要ですし……」

と続けると、その言葉のあとをとって、橘諸兄の子奈良麻呂が、

「遷都を天皇が仰せられましょうとも、百官や万人に迷惑のかかることは、諫めるのが臣の役、

それを天皇の歓心を買うことに力をつくすのは、臣として間違っておりましょう」

と、言う。諸兄は苦りきって、

「こたびのことは、天皇のみ心のままに」

とまとめたが、日ならずして、天皇は一まず難波へ行幸された。

そこで、智識寺の盧遮那仏を拝された天皇は、

「盧遮那仏とは、宇宙の中心にいられるみ仏で、すべての世界を含み、しかもどんな小さなものの中にも生きていられる仏です。梢の先の露にも、盧遮那仏は生きているのです」

等の住職の法話を聞き、すっかり感じ入り、翌朝、百官が集まると、

「朕も造り奉らむ」

と、仰せになられた。と、すぐに奈良麻呂が、

「大きな建造物を作ることは、一見、活気があっていいように思えますが、しかし民の生活の困窮を招くもの。盧遮那仏を作られることも民を苦しめます、思いとどまっていただかなければなりませぬ」

と反論したため、座が白け、天皇は早々に平城京に帰って行かれた。が、日ならずして、

「数日のうちに平城宮を出る。警護の騎兵らに、旅立ちの準備をさせよ」

と藤原仲麻呂に勅命を伝えた。

藤原仲麻呂は二十八歳、すぐ上の兄である長男豊成は、この時四十歳。二人は、祖父不比等の建立した平城京を、天皇が出られることは、藤原氏の行く手に暗雲が立つことのように感じ、膝つき合わせて、

「このままでは、阿倍内親王に皇位が継承されず、安積皇子に譲位されるやも知れぬ」

と、不安におののく。

「橘諸兄は、藤原勢力の一掃には、安積皇子の皇位継承こそと思っていられましょう」

「長屋王をひそかに慕う人々も、口にこそ出さずとも、長屋王の推していた安積皇子こそ皇位にと思っているやも知れませぬ。この思いと諸兄とが結びついた時……」

「藤原氏の前途はないに等しい……」

二人は、黙ってしばらく座していたが、

「よい考えがある」

と、互いに同時に呼びかけた。

「兄上から、お先に」

と、藤原仲麻呂。

「天皇には、各国に丈六の釈迦如来像の造立をとの勅命を出されていられたが、各国とも疲弊してまだ作られてない。

そこで、一族である広嗣が乱を起こした詫びとして、封戸五千戸を返上してはどうか。光明皇后に含めておき、五千戸のうち、二千戸はわが太政大臣家に返すと決めてもらい、残り三千戸を諸国の丈六釈迦如来像造立の費用とする。

さすれば、広嗣の乱の詫びも出来、光明皇后の発案と申し立てれば、阿倍内親王の立場もよくなり、わが藤原も光るというもの……」

「なるほど、名案。さっそく実行しよう。天皇にはどんなに喜ばれることか……」

「で、仲麻呂の考えたことは」

「父が長屋王にしたように、危険な人は消えてもらう」

「安積皇子の暗殺……？」

「決して他言せず、二人だけで機会を見てやればいい」

「薬で……」

「薬を、聖武夫人を母とする弟、弟麻呂(おとまろ)に届けさせれば、警戒されぬ」

都定まらず

聖武天皇が、平城京出立の勅命を出すと、橘奈良麻呂は、

「いずこなりと、出来る限り早く、都の選定を願い上げます」

と、進言した。すると吉備真備が、

「ご存知の通り、唐では首都は長安ですが、東都に洛陽、北都に太原という三つの都を定めて、おります。天皇には唐の例にならわれて都を定めんとの深いおぼしめし、臣下として、最大の協力をするのは当然のことでありましょう」

という。橘諸兄はわが別荘地に都を移そうとうなずき、藤原仲麻呂は、好機到来とうなずいた。古麻呂ばかりは、

「唐の国の大きさと、日本のそれとは、まるで違います。わが国に複数の都は要りませぬ」

と、言いはしたが、何の反応もない。

平城京を出る日は、雲一つないさわやかな日であった。聖武天皇は輿に乗られ、その前後を藤原仲麻呂と紀麻呂の率いる四百騎の騎兵が守り、橘諸兄以下の重臣が続いた。

ご休憩の時、藤原仲麻呂は、天皇のお傍に侍り、天皇の釈迦如来像造立の夢を実現していた

だきたいと、封戸返上を申し出た。

天皇は非常に喜ばれ、それではと、

「国ごとに七重塔を造立し、法華経を十部写経せよ」

との勅命を出された。

一行は伊賀を通り、伊勢に詣で、ついで美濃の国不破の行宮に入った。

諸兄は、天皇を迎える準備のため、そこから木津川へ直行し、一行は近江を経て、十日後の天平十二年（七四〇）十二月十五日に、諸兄の別荘地に近い山背国甕原（みかのはら）宮に入られた。

天皇は、この地がお気に召され、

「大養徳（やまと）の恭仁（くに）宮と称さん」

と、命名される。

しかし、急ごしらえの都へ、大勢の官人が家族をつれ家財を運んで来ようにも、橋もない有様。朝廷では、木津川に橋を架けるため、僧になりたい優婆塞（うばそく）千人ほどを募集し、橋が出来たら出家を認めるとの約束で、無償で労働させた（完成後七五〇人の出家を認めている）。

それほど苦心して造営した恭仁宮にも、天皇は落ちつかれず、年末には紫香楽（しがらき）宮へ移られたが、恭仁宮を完成させるという理由で、橘諸兄は留守宮として残った。

もちろん、紫香楽宮も完成されていず、築地もなく、まわりに幔幕をはり、天平十三年（七四一）の朝賀は、そこで受けられた。

その朝賀で、天皇は、

「各国に国分寺と国分尼寺を建立し、天平九年に勅した丈六の釈迦如来像を造立するように」

と仰せられ、

「誠に三宝の威霊に頼りて、乾坤相泰らかに万代の福業を修めて、動植咸く栄えんことを欲す」

との悲願を勅された。乾坤は天地のこと。この時、玄昉が、

「ありがたいことに、丈六の釈迦如来像の造立費は、太政大臣家五千戸の封戸返上の申し出のうち、二千戸を返し、三千戸をこれにあてるゆえに、費用の心配は全く要らぬ」

とつけ加えると、一座に安堵の吐息がもれた。

間もなく天皇は、紫香楽宮から恭仁宮に移られ、五位以上の者は早く恭仁京に引っ越して来るよう厳命し、三々五々、百官がやって来た。しかし恭仁宮では、役夫五千五百人も動員しながら、平城京から解体して移築している大極殿も回廊も、二年たっているのに出来上がらず、拝賀は仮設の四阿殿で行なわれた。

天皇の気ままな都移りで、莫大な費用の捻出に窮した朝廷では、五月に、

「墾田永年私財法」

を制定した。朝廷の直轄地をふやし、財を確保するためである。

——開墾した土地は永久に私有を認める——

との法令に、藤原仲麻呂は飛び上がって喜んだ。

「これで、わが財力は誰にも負けぬ。三世一身法が出された時から、努力し続けた開墾地をさらに拡大し、人々を動員し、私有地をどの豪族にも負けぬものとすれば……」

「もう何も恐れるものはありませぬ。まず、天皇に、念願の盧遮那仏造立をすすめれば、その寄進で、橘はじめ人々はやせ細る。第一、今までにも恭仁宮造りで、橘は相当の財を使っているはず……もっとやせさせれば、ものを言わなくなる」

と、豊成。

「そして、安積皇子さえ亡き者にすれば……」

「あとはわれらが祖父、不比等の手になる平城京を都とすること、さすれば藤原家の繁栄は万世まで不動……」

「兄上、前々から考えていたのですが、紫香楽宮の近くで、頻繁に火事騒ぎを起こすことです。さすれば人々は、紫香楽を都にすることを捨てましょう」

「なるほど、それは名案。しかしどのように実行するかだが……」

「お任せください。決して、この仲麻呂の指図とは分からぬように致しますので」

「では頼む。紫香楽宮を喜ばぬ大衆ありということから、その都を推薦した玄昉、ひいては恭仁宮を推した諸兄らをも、没落させられるやも知れぬ」

「そして、宮中の内外に、都は平城という空気を作り上げる……」

「もうすぐだ……」

「はい、もう藤原の天下は手の中です」

聖武天皇は、豊成、仲麻呂にそのような陰謀ありともお知りにならず、八月には紫香楽宮に離宮造営の令を出されて、紫香楽に帰られ、橘諸兄と奈良麻呂は、いつも通り、留守官として恭仁宮にとどまった。

紫香楽宮では藤原仲麻呂、紀麻呂(きのまろ)が参議に加えられ、大仏造立の天皇の願いを公卿らがあっさり頷き、直ちに、

——大仏造立——

の詔勅が出された。

その十一月、恭仁宮ほぼ完成との諸兄の報を受け、天皇は喜んで恭仁宮に入られた。

安積皇子の暗殺

天平十六年（七四四）正月、恭仁宮の朝堂院に百官を集められた天皇は、

「恭仁と難波とどちらに都すべきか」

とご下問され、恭仁と答えたものがやや多かった。市井の人々にもご下問され、一人が難波、一人が平城と答えた以外は、すべての人が恭仁を都にすべきですと答えた。

その一週間後、聖武天皇が、

「難波へ移る」

と勅を出されたので、

「何のための下問か、都定まらずして、万人辛苦す」

と、奈良麻呂。しかし藤原仲麻呂は安積皇子暗殺の好機到来とばかり、皇子の旅の伴をする女官に渡すよう、毒薬を末の弟、弟麻呂に託した。弟麻呂は、

「われらも遷都の都度服用しているもの。高価なるものゆえ、わずかながら、安積皇子に捧げたい。このままでも良し、飲みやすく汁にまぜてもよし、毎夕さし上げるように」

と、女官に渡した。

弟麻呂は毒薬とは知らなかったので、その薬をつゆ疑わなかった。聖武夫人を母とし皇室に直接つながる弟麻呂からの薬ゆえに、女官も妙薬と信じ込んだ。

安積皇子は、山背恭仁宮から難波へ移る途上、河内の桜井行宮で床に伏し、三日後にあっけなく他界してしまった。

女官は、元気だった安積皇子の急逝に、

——あの薬、毒薬では——

と思ったものの、毒を盛った者として処刑されることが恐ろしく、毒薬との確信もないため、口外も出来ず、わずかながら残った薬は山中に捨て、故郷信濃に帰って行った。

やがて、誰言うとなく、

——安積皇子は、以前から足がしびれる病をもっていられ、それがこうじて亡くなられた——

との、もっともらしい噂が広まっていった。

黄金献納

天平十一年八月の末、聖武天皇が重態におちいられた。公卿らが駆けつけたその席で、鈴鹿王が低い声で、多治比広成に話しかけた。

「この八月二十三日に、天皇には大仏建立のため、その基盤を作るに際し、まっ先に、おん自ら袖に土を入れて運ばれましたが、暑い日でしたので、あの暑さがおん身に応えたのかも知れませぬ」

「そうでございましょう。天皇お一人でしたら、さして長い時間ではございませんでしたが、貴族、百官が天皇にならい、しずしずと土を運びましたので……」

「遷都に次ぐ遷都で、天皇にはお疲れでございましたでしょうから」

と、藤原仲麻呂が二人の会話を聞いていたらしく、低い声ながら並みいる公卿に聞こえるように言った。

「今まで都が定まらず、万人が辛苦したそもそもの原因は、藤原広嗣が玄昉排すべしと要求したところ、玄昉が、広嗣にゆかりある平城京出るべしと画策したためです。

長い間、都が定まりませんでしたが、紫香楽宮周辺では放火が絶えず、恭仁宮、難波宮と移られても……」

橘諸兄がその言葉に続けた。

「紫香楽宮で、天皇には、どこに都すべきかご下問になられ、百官も万人も、そして薬師寺、大安寺、元興寺、興福寺らの僧も、『平城に都すべき』とお答えして、この平城にもどられたのが、たしかこの五月十一日……」

「元凶は、玄昉ですな」

と、大伴道足がうなずくのと、

「やはり、玄昉は、追放すべきでしょう」

と、藤原豊成が言うのと、同時だった。

「基盤を作るべく、天皇おん自ら土を運ばれたお姿を、行基僧正は、大勢の人々とともに拝見していられましたが、それにひきかえ、玄昉を慕うて集う人は誰一人おりませぬ。僧たる者に、信者一人ついておりませぬ」

と、紀麻呂。

「大仏造立には、どうしても万人の協力が必要。玄昉は人々を動かせぬと、はっきり形に示したのが、基壇作製の当日……」

と、橘諸兄。平城出るべしと言ったのは、玄昉だけでなく、諸兄も同じ意見だった。それだけに、矛先をかわそうと、諸兄は玄昉の非を数えるのだ。

「聖武天皇のご病気平癒のご祈禱も、何の効果もない玄昉をやめさせ、このたび僧正として迎えた行基に代えた方がよいと存じますが」

と、藤原仲麻呂。

この言が入れられて、玄昉には一時休むよう申し渡し、その間、行基が祈禱した。すると、天皇がどうにか起き上がれるようになられたため、十一月には、「玄昉排斥」を叫んで広嗣が軍勢を集めた地、筑紫へ玄昉は追放された。

聖武天皇も快方に向かわれ、百官もやっと平城京に腰をすえて、落ちつきのもどった翌天平十八年(七四六)六月二十一日、越中守に任じられた大伴家持が、古麻呂を訪ねて来て、

「いやあ、もう大伴の時代は終わりました。父は筑紫、私は越中と、中央を追われ通しです」

と、笑う。

「私などと違い、大伴家の頭首ゆえに、力のあるだけ目ざわりなのでしょう」

と、古麻呂。

「その目ざわりですが、仲麻呂という男、なかなか鋭く、旧長屋王派と思われる者、すなわち安積皇子の死を惜しみ、阿倍内親王の即位を心から歓迎しない者を、次々と左遷しています。十分に気をつけられることです」

「なるほど、心いたしましょう。しかし、私のことより、越中での生活はお淋しいことでしょ

う……」

「いえ、大納言（諸兄）のすすめもあり、むこうで日本の古今の歌など集め、整理する心算でいますから、多忙をきわめ、淋しさなど味わう暇はありません」

と、家持は心持ちよく談笑して帰り、七月には越中へくだり、まつりごとの傍ら、万葉集の編集に手をつけていた。

天平二十一年（七四九）一月、聖武天皇は、大僧正行基により戒を授けられ、沙弥勝満と称し、同時に母宮子も受戒して弥尼徳太、皇后光明子は弥尼万福と名乗ると、天下に公表されて間もなく、惜しまれながら、行基は平城京の菅原寺で遷化された。八十歳であった。

大仏も着々と造られていたが、鋳造された大仏に塗る金の不足に、天皇はじめ鋳造担当の大仏師国君麻呂、大鋳師高市大国、高市真麻呂、柿本小玉まで頭を痛めていた。そんな時、陸奥国から黄金が出土し、献納されたので、天皇はじめ人々はみ仏のご協力とばかり喜んだ。

越中の大伴家持からも、賀ぎ歌が奉られた。

陸奥国より金を出せる詔書賀ぐ歌一首

「葦原の　瑞穂の国を　天降り　領らしめしける　天皇の　神の命の　御代重ね　天の日嗣と

領らし来る　君の御代御代　敷きませる　四方の国には　山川を　広み厚みと　奉る……」
（巻十八―四〇九四）の長歌（万葉集中三番目の長さ）に、

　天皇の御代栄えむと東なる陸奥山に黄金花咲く（巻十八―四〇九七）

他、二首である。

天皇は、御感のあまり、大伴家持に従五位上の位を授けられた。

そして四月、聖武天皇は鋳造中の大仏を拝し、黄金の出土を感謝する宣命を朗読された。

「勅して左大臣橘宿禰諸兄を遣して仏に曰さく　三宝の奴と仕へ奉れる天皇が命……と盧遮那仏像の大前に奏し賜へと奉さく……」

諸兄は拝読しながら、「三宝の奴」との表現に、仏法を仰ぐ聖武天皇のみ心を感じていた。

その七月、ご健康がすぐれないため、藤原仲麻呂らの画策通り天皇は大極殿で阿倍内親王に譲位され、年号も天平勝宝と改められた。

孝謙天皇の誕生である。

正倉院御物

天平勝宝二年（七五〇）九月二十四日、光明皇后の甥で、藤原房前の三男、藤原朝臣清河が大使に、大伴宿禰古麻呂が副使に、他に主典など八名が任命された。

第十一次遣唐使の派遣である。（第十次遣唐使派遣は中止）

前回、栄叡や普照とともに、長屋王から千本の袈裟を託されて出発してからすでに十八年、仲麻呂が唐に渡って三十六年の月日が流れていた。

古麻呂には、心にかかることがあった。

――長屋王が生命に替えて守られた御物を後世に伝えるべく、今、手をうたなくては……航海途上で遭難することもあるやも知れず――

長屋王の遺品は、弟の鈴鹿王、不比等の娘と長屋王との間に生まれた安宿（あすか）王、黄文王、山背王などのもとに、その大半が保存されている。

――それらの遺品を一堂に集め、永久保存するにはどうしたらいいのか――

と、古麻呂は渡唐の準備をしながら、考えていた。

ある日、施薬院に手伝いに行っている真保郎女が、

「今日、面白い噂を聞きましたの。藤原仲麻呂さまが、『長屋王さまのたたりで、父上や叔父上が亡くなったと人々が噂している。気にしてはいないが、しかし長屋王の追善をしたいとは思うものの、罪人であるためあまり公然とも出来ぬ。良い思案はないか』と、主だった人々に聞かれたそうです」

と、話す。

「火のないところに煙は立たぬといいますから、姉上の聞かれた通り、仲麻呂さまは長屋王さまの慰霊を考えていられるのでしょう。多分仲麻呂さまは、藤原家の栄達が目に見えて来たこのあたりで、藤原家のため、長屋王の慰霊をしておきたいのかも知れません。それなら、長屋王さまの御物の保存をと、仲麻呂さまに話してみましょう。

まるで姉上のお言葉は、私の心を知っての、長屋王さまのお告げのようです」

「まあ、大げさな。でもどんな方法で保存しますの」

「校倉造りです。湿気の多い所にはもってこいの作り方ということですから、校倉造りの倉庫を造り、そこに長屋王さまのご意志通り、御物を永久に保存すればいいと思うのです」

「まあ、そう出来ましたら、長屋王さまも、あの世でどんなに喜ばれることでしょう」

「渡唐前で連日予定がいっぱいですから、思い立ったが吉日、これから仲麻呂さまを訪ねて参ります」

と、すぐに古麻呂は馬を馳せ、藤原仲麻呂を訪ね、挨拶もそこそこに、

「実は、長屋王さまの御物の件で伺いました」

と切り出すと、仲麻呂の眉が不快気にピリリと動く。長屋王の御物を大切に思う古麻呂の心が憎いのだ。古麻呂はかまわず、

「長屋王さまが中衛府の軍勢に逆らわなかったのは、ただ単に邸内のおびただしい古今東西の御物を守らんがためでした。

御物が戦火に焼けることを、ご自身の生命以上に惜しまれたのです。御物はわが物でなく日本の宝であると……」

「そのように聞いてはおります」

と、怪訝そうに、藤原仲麻呂は古麻呂を見る。

「そこで私は、場合によっては帰れないかも知れない遣唐使として旅立つ前に、長屋王さまの御物の永久保存のありようをこの目で確かめたいのです。そのことが、長屋王さまのみ魂を安らげることになると信じまして……」

――み魂を安らげる――

の言葉に、藤原仲麻呂の顔から緊張の色が消える。

「言われてみれば、それ以外に長屋王さまを慰める手だてはありますまい。しかし、どのようにして保存するかですが……」

「校倉造りの倉庫に入れれば、永久保存が出来ると聞いております」

「校倉造り……なるほど。確かに保存できましょう。しかし長屋王さまは罪人として糾弾された者、罪人の御物保存となると……」

「長屋王さまの、やや四散した御物の逸品を、永久保存するために再び集め、聖武天皇の御物と共に保存なさることにしてはいかがでしょうか」

――長屋王の御名は残らずともいい。とにかく保存できれば――

と長屋王の人となりを知る古麻呂は思う。

「なるほど、聖武天皇の御物もともに保存すれば名目が立つ」

と、藤原仲麻呂は膝を打ち、晴れやかに、

「では明日にでも、鈴鹿王さま、安宿王さまらに、御物を光明皇后に捧げるようとの詔勅をいただきましょう。いやあ、良いお考えを承りまして、おかげで何とかなりそうです。

渡唐につき、お手伝いすることがありましたら、何なりとお申し越しください」

藤原仲麻呂は、古麻呂を門まで送って出た。御物保存の提案がよほどうれしかったらしい。

第十一次遣唐使

十一月になると、吉備真備も遣唐使に任命され、翌天平勝宝三年（七五一）の二月には、遣唐使の雑色ら百三十人が内裏で叙任され、三月には節刀を賜わった。

孝謙天皇は、

そらみつ　日本（やまと）の国は　水の上は　地（つち）ゆくごとく　船の上は　床に坐（お）るごと　大神の
鎮（しず）むる国ぞ　四つの船　船の舳並べ　平らけく　早渡り来て　返り言（こと）　奏（もう）さん日に　相
飲まん酒ぞ　この豊御酒（とよみき）は（巻十九―四二六四）

四つの船早還り来と白香著（しらがつ）け朕が裳の裾に鎮（いわ）ひて待たん（巻十九―四二六五）

との、天皇として代々行なわれて来た言霊による航海の無事祈願のための御歌と酒を、大使藤原清河に賜わった。

一日おいて、古麻呂は、同族の衛門督(かみ)古慈斐(こしび)に招かれた。その送別の席上、多治比真人鷹主(たかぬし)が古麻呂に一首を贈った。

からくにに行きたらはして帰り来む大夫健男(ますらたけを)に御酒(みき)たてまつる（巻十九—四二六二）

大伴一族である村上(むらかみ)と清継(きよつぐ)とは、古麻呂の妻宮売(め)の気持ちを、古歌を借りて合唱した。

梳(くし)も見じ屋中(やぬち)も掃かじ草枕旅行く君を斎(いわ)ふと思(も)ひて（巻十九—四二六三）

わんやわんやの拍手が収まると、古麻呂は船名を披露した。

「大使藤原清河さま、副使吉備真備さま、判官大伴御笠さまご乗船のそれぞれの船名は、富士、佐伯、そして播磨、私の乗船する船の名は速鳥……」

一斉に拍手が起こった。

——速鳥——

それは、仲麻呂が鳥になってでも一日も早く国へ帰りたいと、望郷の思いを二人の子に命名した翔と翼そのものであった。

宴席の手伝いをしていた真保郎女は、速鳥と聞くや、古麻呂のやさしさが身にしみて、思わず涙ぐみ、そっと宴席を逃れ出て、夕暮れの空を仰いだ。

空は淡い紫色を横にたなびかせている。それがいかにも静かで、やさしい。

真保郎女はその空を見ながらつぶやいた。

「み仏の愛は、天に地にあふれております。そして、仲麻呂さま、あなたの愛も……」

その夜、雨が降った。

――仲麻呂さまがお帰りにならないと知った時に聞いた雨の音の淋しかったこと、同じ雨なのに、今夜は雨滴が喜びを歌っているような――

今夜こそ、古麻呂に託す手紙を書き上げようと、真保郎女は墨をすりながら文を練る。

しかし、思いあまって筆がすすまず、結局一首をしたためて、古麻呂に託すことにした。

――帰っていらっしゃれば、山ほどお話ができるのですもの――

と。

恋ひつつも後に逢はむと思へこそ己が命の長く欲りすれ（巻十二―二八六八）

「姉上、とうとう出航です。順風なら行きに二日、帰りに九日で往復できるところです。唐での滞在期間を入れても、早ければ来春、もし逆風に吹かれれば……」

「五年は待てと言われておりますの」

「五年……ですか」

「ええ、大宝年間に発った遣唐使は、誰一人帰らず、全滅かと思われておりましたところ、二年後に一隻が帰り、四年後に巨勢邑治さまが帰られたと聞かされまして……」

「それで、五年……」

古麻呂は姉の髪に白いものがまじり出しているのを淋しく見た。

三十六年間、独り身を守り通し、女でないとさげすまれても仲麻呂を待つことで、老いを見せはじめている姉を見るのはつらかったが……。

「それはもう、一日も早く帰っていらしてほしいんです。でも、何かでもし帰られない時、失望するのが恐いんです。だって、今度お目にかからなければ、もう生涯お逢いできないと思うのですもの。ですから私……」

「大丈夫です。今度こそ、ご一緒に帰って参ります。楽しみに待っていてください」

と言いながら、古麻呂は、

——しかし、仲麻呂さまがご無事でいられるかどうか——

と、思ってもみなかった不安がよぎるのに、内心あわてて打ち消した。と、真保郎女は、古麻呂の心が分かったかのように、

「仲麻呂さまは、生きていらっしゃいます。私、分かりますの。目を閉じると、大気の中に、仲麻呂さまのあたたかな視線を感じるのですもの。ああ、ご無事だわ、と今日も思いました……」

「もちろん、ご無事ですとも。それにしても、姉上は、このところ、急にお痩せになり、お疲れのご様子。施薬院のお仕事も、ほどほどになさり、仲麻呂さまを元気でお迎えできるよう、お体を大切にしてくださいい」

「ええ、ありがとう。そういたしましょう」

「今日は、これから金箔を塗り、完成間近な大仏を、遣唐使一同で拝ませていただき、鋳造担当の国君麻呂さま、大工の猿名部百世さま、小工の益田縄手さまの苦心談を聴くことになっております」

「まあ、それはようございます」

「唐へ行く前に、日本に大仏ありと、しっかり見て行けということでしょう」

「大仏も出来上がりますし、校倉造りの建物も正倉院と命名されるそうです。古麻呂は、必ず帰って、そこに納められた御物を見てくださいね」

「もちろんです。仲麻呂さまとごいっしょに、必ず御物を拝見して、長屋王さまをしのびます。仲麻呂さまが帰られたら、姉上が大切にしている仲麻呂さまの詩を彫った鏡も正倉院に収めてはいかがでしょう。まあ姉上のお気持ち次第ですが……。

私が行ってしまうと、姉上は一人ですが、妻もとても淋しがってます。どうか宮売の話し相手、相談相手になってあげてください。何かと心細いでしょうから」

「まあ、私の方こそ宮売さまがいらしてくださって、どんなに心強いか知れませんわ」

大仏開眼

天平勝宝四年（七五二）閏三月、古麻呂らを乗せた第十一次遣唐船が出航した。

それから一ヶ月ほどたった四月九日、東大寺で大仏開眼の供養会（え）が行なわれた。

諸貴族や有志から届けられた造花は、広い東大寺の境内をせばめ、聖武太上天皇、光明皇太后、孝謙天皇が、大仏の前に敷かれた板殿にすわり、百官は元旦と同じ礼装で列し、東西には刺繍した灌頂幡（かんじょうばん）、八方には五色の灌頂幡が二十六流、夕べの空になびいていた。

「入場」

の声が響くと、南門からしずしずと多くの僧が入場し、次いで東門から開眼の導師菩提（ぼだい）僧正が、西門から講師隆尊（りゅうそん）が入場した。

夜八時、数千の僧が脂燭をささげ、大仏のまわりを讃嘆供養して三たびめぐり、ついで一万五千七百余りの灯明に照らされて、雅楽寮の人々が久米歌を歌い舞う。その数三十名。次に琴をひいて歌う大伴氏二十名、刀をとって舞う佐伯氏二十名。文黒麻呂（ふみのくろまろ）、土師牛勝（はじのうしかつ）ら二十名も、甲を着、楯と刀を手に、勇壮に楯伏舞（たてふしまい）を舞う。

橘諸兄らもつづみを打ち、百二十人が女踏歌を踊り、唐の古典、民間の散楽が奏でられ、高麗歌が三たび演奏され、最後に林邑楽（りんゆうがく）（ベトナム・カンボジアの音楽）が奏でられた。

一瞬のしじまののち、隆尊が、凛々とした声を響かせて、法話をはじめた。

「ここに建立した盧遮那仏は、宇宙の中心にいられるみ仏です。

宇宙とは、人の想像の及ばぬ大きさで、日本（やまと）、天竺、唐の国などのある閻浮提（えんぶだい）は、大海に浮く四つの州の一つで、日や月は須弥山の腰のまわりをまわっています。

須弥山の高さは八万四千由旬、二百五十二万里という思い及ばぬ高さです。日本や唐のある閻浮提、それに月や日などのあるのが一つの小世界で、この小世界が千集まって小千世界、小千世界が千集まると中千世界、この中千世界が千集まると大千世界です。この大千世界の中心にいられるのが、今ここに建立された盧遮那仏です。盧遮那仏は宇宙の中心にいられると同時に、宇宙に存在するすべてのものに行き渡っております。すなわち私にも、あなたにも、そして梢の露にさえも、盧遮那仏の生命は行き渡っているのです。

華厳の教えは事々無礙法界、重々無尽という思想につきるものですが、これを分かりやすく言えば、事法界、理法界、事理無礙法界、事々無礙法界の四段階に分けられ、事法界とは物質、理法界とは精神で、この二つは切り離せぬと知るのが事理無礙法界、さらに事々無礙法界とは、個々のものごとそのものは、独自性を持ちながら響きあっていると知る世界。

もっと分かりやすく言えば、存在とはばらばらなものでなく、大きな網の結び目のどれにも水晶の玉がついていて、一つの水晶に他の水晶の玉すべてがうつっている。ゆえに一つの玉に変化がおこれば、他の無限の玉もすべて変化する。

これを重々無尽という。盧遮那仏はこの重々無尽の法界をあまねく統べるみ仏で、釈尊のようにこの世に生まれて来られず、浄土にましますみ仏です。

ここに集うすべての人、ひいては日本の国土に住まうすべての人が、盧遮那仏のみ光に気付くよう、今ここに点睛するものです」

すぐに高座に上がられた菩提僧正の持つ手から、聖武太上天皇、光明皇太后、孝謙天皇以下百官の手につなげられたひもの先端の竿の筆で、大仏の眼睛を点ずると、金色燦然とした大仏の眼から、一人一人にいつくしみのみ光がたしかに届く。

そのようすを垣間見た真保郎女は、以前聞いた海犬（あま）養岡麻呂の歌を思い出した。

　みたみわれ生けるしるしあり天地（あめつち）の栄ゆるときにあへらくおもへば（巻六―九九六）

どこで焚かれているのか沈香のえもいわれぬ香りが漂う。

九　仲麻呂帰国の途へ

栄叡と普照

天宝三年（七四四）日本の天平十六年大仏造立の詔の出た翌年の十月、揚州大明寺に、渡唐以来十年間修行を積み、学問に励みつつ、和上と呼ばれるほどの僧を探していた栄叡と普照が、鑑真和上を訪ねて来た。

二人は、鑑真和上が、国際都市揚州（成都）で一、二を争う貿易商の家に生まれ、生活に恵まれながら、人間とは何か、死とは何かなどとお考えになられ、十四歳にして自ら出家されたことを知っていた。

また鑑真和上が十八歳の多感な年、神龍元年（七〇五・日本の慶雲二年）に則天武后が亡くなるや、則天武后の寵臣張易之（ちょうえきし）や張昌宗（しょうそう）が切られたと知り、ますます人の世の空しさを感じ、永遠の真理を一途に求められ、やがて大雲寺の僧に戒を受けられ、長安と洛陽の間を巡歴して三蔵を究学され、玄宗皇帝が即位された翌年、揚州に帰られたことも知っていた。

人々の尊敬の念のあついこの人以外に、日本に招来すべき和上はないと、無理を承知で訪ねて来たのである。

二人は、鑑真和上の前に両手をつき、

「願わくは和上、日本に来遊され、化を興し給え」

と、熱心に嘆願した。

和上は、二人が大切そうにさし出した長屋王依頼の袈裟を手にして、しみじみとご覧になられてから、

「仏法興隆有縁の国である。今、同法衆の中に、誰かこの遠請に応じて日本国に向かい、法を伝うる者ありや」

と言われた。と、弟子禅彦(ぜんげん)が、

「かの国は遠く、百人に一人も行きつけぬと聞いております」

と答え、言葉を続ける者がない。すると鑑真和上は、

「法事のためなり、何ぞ身命を惜しまん、諸人去(ゆ)かずんば、我即ち去(ゆ)かんのみ……」

――仏法のためにどうして生命を惜しもう。誰も行かないのなら私が行きます――

と、きっぱり言われた。すると多くの弟子も、

「喜んで、お伴つかまつります」

と、来日を約すのだった。しかし、僧の国外流出は禁じられていて公然と行くことは出来ない。幸い時の宰相李林甫（きりんぽ）が、

「表向きは天台山国清寺へ寄進の物品を、海路で運んで行くことにすればいい。かりに風向きが悪く、吹きもどされても、天台山へ行く公文書をもっていれば咎められまい」

と、協力を申し出、甥の経済官僚倉曹に造船を命じてくれた。

出航の日、栄叡と普照は、涙を流さんばかりに喜んだものの、船は悪風のため吹きもどされてしまった。

その後、鑑真和上は六度も日本へ渡ろうと計画され、その都度事成らず、途中で失明までされながら、志を変えられなかった。

そんな途次、栄叡は和上とともに日本の土を踏むことを夢見ながら、瑞渓の龍興寺で病に倒れあっけなく他界。善照は栄叡の亡骸を丁重に清めその夜は星を仰ぎながらただ涙していた。

鑑真和上も涙しながら、

「どのような困難があろうとも、必ずや日本に法を伝え、栄叡との約束を果たす」

と誓われ、船便のあるまでは、と揚州にもどられた。

普照は、国禁を犯して鑑真和上を日本へと画策したゆえに、役人の目の光る揚州に入ることを遠慮し、明州にとどまって日本への便船を待っていた。

席順に異議あり

大使藤原清河他の乗船した富士、佐伯、播磨、速鳥の四艘の船は順調に進んで、揚子江入口から二百キロのぼった北岸の揚州に着くと、節度使が迎えに出ていた。

唐都長安に入った清河ら一行は、この上ない好遇を受けながら、年を越し新年を迎えた。

唐朝元旦の朝賀には、東アジアの国使が一堂に会するならわしだったので、朝廷では、遣唐船を夏に出航させて、元旦の朝賀に間に合わせるようにし、唐の国をとりまく諸国の事情を知ろうと努めていた。

その年、元旦の朝賀は、一月七日、大明宮の含元殿で行なわれ、唐朝の百官が全国から集い列席していた。

会場係は将軍呉懐実で、

東畔（東側）第一席新羅、第二席大食
西畔（西側）第一席吐蕃（チベット）、第二席日本
となっていた。

入場して、座につこうとした大使藤原清河の袖をつかんでさえぎった古麻呂は、流暢な唐の言葉で叫んだ。

「会場係はどなたか」

「私ですが」

と、大柄な、どこか温厚そうな呉懐実が答えた。

「この席に座るわけに参りませぬ」

「と、言われますと……」

「昔から、新羅は日本に朝貢している国です。しかるに、日本の上席にすえるとは、道義に反しましょう。そのような席に、われら日本の使者、誰一人座るわけには参りませぬ」

古麻呂は、静かな語調ながら、顔色を変えていた。場内はしーんと静まり、古麻呂の声だけが異様に響く。

「席を替えてくださるか、それともわれら日本の使節は退場するか、どちらかに決められ、お

返事ください」

その真剣さに、呉懐実は、新羅の使節に因果を含め、日本と新羅の席を入れ替え、日本の使節は東畔第一席に座を占めた。

鑑真和上乗船

古麻呂の宿舎に訪ねて来た仲麻呂は、

「……鑑真和上が日本へ何度も渡ろうとされたことを、揚州の誰もが知っています。その上、遣唐船が日本から来て、揚州経由で帰国すると知って、官民の目が鑑真和上のいられる龍興寺に集まり、厳重に警戒しています。

この国の人々は、誰も鑑真和上ほどの高徳な方に出国してもらいたくないのです。ただ、鑑真和上の、日本へ、とのお気持ちは不動です。とはいえ、公然と遣唐船に乗ることは出来ず、また今度の機会を逃しては、またいつ行けるとも分かりませぬ」

と、思い余ったようす。

「よく分かりました。長屋王さまの夢を、今実現せずにいつ出来るでしょう。仲麻呂さまは、そ知らぬ顔で、とにかく日本に帰ることだけお考えください。この古麻呂の責任において、何とか乗船の手はずをととのえます。

では、こちらでは今後一切、鑑真和上の話には触れませぬ」

「しかし、どのようにして……」

「鑑真和上のいられる龍興寺へは、出航まで、遣唐使として渡唐した誰一人近づけませぬ。また龍興寺からの使者も受け入れませぬ」

「では、連絡は……」

「たしかな人を探し出して、連絡をつけ、ひそかに龍興寺を脱出していただき、出航前に乗船していただきます」

「出来るでしょうか。鑑真和上ほどの方を日本へ伴えれば、わが国の宝となるのですが……」

「岩をも通す意志の前に、不可能ということはありませぬ。必ず……」

「大使清河さまには……」

「話しませぬ。反対するに決まっています。事はひそかに、私の一存で運びます」

「では、成功を祈ります」

「二人でゆっくり話すひまもありませぬが、とにかく日本へ帰れば、嫌というほど話が出来るのですから」

と、仲麻呂は帰って行った。

翌朝、古麻呂は、長屋王が朗らかに笑う声を聞いて目覚め、

――長屋王さまが、鑑真和上の来日を喜んでくださり、お守りくださっている――

と、思うや、

――そうだ。それがいい――

と、鑑真和上を乗船させる手だてを思いついた。

――十七年前、仲麻呂とともに乗船しなかったことをどんなに悔やんだか、ものごとはその時を逃してはならぬと、真保郎女を見るたびに心痛んだ。その轍を二度と踏まない――

との決意が思いつかせたのか、長屋王に助けられたのか、古麻呂には分からない。

その日の夕、玄朗(げんろう)と玄法(げんほう)が訪ねて来た。大使清河に、

「多忙ゆえ、我は逢えぬ。古麻呂を訪ねるよう」

と言われて来たという。二人は栄叡、普照とともに渡唐した学僧だったが、唐の娘と恋をし、結婚したため、「破戒僧は帰国を許さず」と、日本側が受け入れないため、望郷の念がどんなに強くても帰国出来ないのだ。

――それを、曲げて帰国をと願いに来たのか――

と、古麻呂は思ったが、玄朗は、

「日本から使者がついたと聞き、なつかしさに矢も楯もたまらず、お訪ねいたしました。こちらの娘と結婚し、家庭を持った以上、日本には帰れませぬが、望郷の念やみがたく、日本（やまと）を思う心も不動で、何かお役に立てないかとお訪ねいたしました。私ども二人、形は破戒僧ながら、心にはみ仏のみ教えをいただいて暮らしております」

と言う。

「よく分かるような気がします」

と、古麻呂がうなずくと、玄法は、

「私どもは、日本の国費でこちらに来た者、何一つ国に報恩できず、この地に骨埋むることを悲しんでいます。どんな些細なことでもいい。もし私たちに出来ることがありましたら、何なりとお申しつけください。こちらの市井にまぎれて十余年、何かの役に立つのではと、恥をしのび、お訪ねした次第です」

との言葉に、真情があふれている。しかも、二人の目は美しい。

古麻呂は、この二人に、鑑真和上の乗船を手伝ってもらおうと決め、

「実は、お二人に、日本のため、ぜひお力添え願いたいことがあります」

と、話し出した。

「……で、鑑真和上に私の船に乗っていただきたいのですが、極秘でなくてはなりませぬ」

「それなら、私の妻に頼みましょう。私でも大丈夫でしょうが、やはり日本人、官人の目が光りましょう。港からも、鑑真和上の法話を聞きに行く方は沢山いますから、夕べの法話のあと、暗くなって帰る時、鑑真和上の伴人など、二人、三人と大衆にまぎれて抜け出し、乗船すれば怪しまれないでしょう」

「荷物は……」

「寺の裏手から運び出せます。ごく大切な荷のみにし、とにかく鑑真和上の乗船を唯一と考えて、行動いたしましょう」

と、玄法。

「荷は私が引き受けます。私の知人が、龍興寺に食糧や日常の必要品を納めております。ですから、お寺から不要品を持ち帰ることにして、一たん知人宅に納め、またその知人に遣唐船の食糧の調達を依頼していただければ、公然と運び込むことが出来ます」

「その友人は、大丈夫ですか」

「鑑真和上が、失明されてもなお日本へ渡ろうとされたことに感動し、和上との別れはつらいものの、それほどの願望ならかなえてあげたいと、口ぐせのように言っていますし、口の堅い信頼できる男です」

「では、荷の件は玄朗さまにお任せするとして、鑑真和上はじめ、お弟子の方々の脱出は玄法さまに……」

「承知しました。速鳥を訪ねれば、明日からでも乗船できるようにしてください。一度に出ては怪しまれますので、毎晩少しずつ乗船し、出航三日前からは、お弟子さんの説法日ですが、出航一日前は鑑真和上の説法日です。ですから、鑑真和上の説法の終わり次第、人ごみを生かし乗船していただきましょう」

「大衆にまぎれて、港へ来るのですね」

「大丈夫とは存じますが、僧衣の上に着物を着ていただき、何気ない頭巾を着用していただくよう、すべて私が用意いたします」

「よろしく頼みます。これで心底ほっとしました」

「いえ、私どもこそ、陰でであれ、なつかしい日本のために尽くせれば、こんなうれしいことはありませぬ。破戒僧とさげすまれましても、遣唐使の方と言葉をかわしたい、との止むに止まれぬ願望からお訪ねしましたが、本当にようございました」

「私の方こそ、ありがとうございます」

「残り少ないご滞在日で、お忙しいことでございましょう。もう、こうしてお目にかかることもないと存じます。鑑真和上の件は引き受けました。どうぞ、ご無事でご帰国ください」

と、二人が帰ろうとするのを、古麻呂は呼び止めた。

「わずかですが、日本から持って来た菓子などお持ちください。それに失礼ですが、私の着物、私の母と姉が丹精こめて織ったものです。どうぞ、ご着用ください」

玄朗と玄法は渡された着物を押しいただく。日本の香をなつかしむように……。

並んで帰る二人の行く手に浮かぶ十三夜の冬の月が古麻呂の瞳に灼きつく。

在唐三十六年

「やあ」

と、仲麻呂がにこやかに近づいて来た。出航前日の宴の前のひととき。

「例の話は」

と。仲麻呂。

「完了。人も荷も速鳥に」

「それで安心した」

と。仲麻呂は、小声で、

「鑑真和上には、国法を犯しても法を伝える、との不退転の御心を貫かれられたのは、国法より人間の魂の救いが優先すると、身をもって、唐国の人々にも、日本の人々にも知らしめようとされてのこと、と思われます」

「多分……お傍に近寄るだけで、やさしく魂をいだかれるような、あたたかさをもたれ、それでいて厳しい戒律を守っていられるお方と聞きました」

「鑑真和上が行かれれば、日本の法界も急激に粛正されましょう。鑑真和上は戒律を守ることで、悟ることが出来ると教えていられます。悟りに至れば、人は解放され、充実して刻々を生き、恐れることなく死を迎えられる、と。

そして戒を守るとは、私の限界を越えようと努めることであると――。

思えば三十六年の月日も、夢のような早さでした。やっと真保郎女さまにお逢いできるとわかった今、長い間、無意識にせよ、思い出さないようにしていたのでしょうか。無性にお逢いしたいと思います。

三十六年もの長い間、私を待ち続けてくださった方がいられたということが、本当にうれしく……」

ふっと、胸がつまったのか、一たん言葉を切り、

「こうしてあの山に昇る月を見るのも、今宵が最後と思うと感無量です」

仲麻呂の言葉を聞きながら、古麻呂は、

――月は何という深い慰めを人々に与えるのだ――

と、月の光に酔い、

――この月を仰いでは真保さまを偲び、月の光のふる限り、耐えられないことはないと言った自分の言葉ゆえに、耐え続けて来たような……しかし、もうすぐ日本に帰れる。日本で真保さま……と静かに暮らせる……――

と、仲麻呂は思う。

「宴がはじまるらしい」

と、やがて二人は、つれ立って港に建てられている、立派な送迎用の宴会場に急いだ。

節度使をはじめ、唐側の官人の多くも参列し送別の辞、返礼の辞がそれぞれ行なわれ、宴も

たけなわとなった時、仲麻呂が立った。そして凛とした声で、

「三十六年在唐して、故国日本へ帰る。長年世話になった唐国への感謝の思い、そしてなつかしい故国へ帰れる喜びを、つたないながら、一首の歌に詠みました。お聞きください」

と言ってから、朗々と吟じる。


天の原ふりさけ見れば春日なる三笠の山に出でし月かも（古今集）

と、二度くり返して……。

――思えば、若かった私が、唐国に出発する前、三笠山の端に昇る月を、真保さまとしみじみと仰いだことがあった……が、今夜の月もあの時と同じ月……――

古麻呂の便り

揚子江口からわずか六日で、阿児奈波（うちなわ）（沖縄）についた古麻呂は、岸に立って縹渺たる青い海を見た。

大任を果たした喜び、大海を無事渡り得た喜びが、水面に遊ぶ光を楽しむ。

——遣唐船だっ、富士だろうか——

古麻呂は、船に気付いて目を凝らす。

「和上、遣唐船が近づいております」

と、弟子の一人が知らせると、

「おお、それはありがたい」

と、鑑真和上は、海上の船の方向に向かい、合掌した。

二十四人の弟子も、合掌して、近付く船を待つ。

じーんとこみ上げるものを感じて、古麻呂は言葉が出ない。

「播磨だっ」

「おーい、おーい」

船上の声も岸に届き、やがて船は錨を下ろした。

と、真先に船から下りて来た僧が、まっすぐに鑑真和上のもとに駆けつけ、

「和上……」

と呼びかけるなり嗚咽した。鑑真和上は静かに、

「普照か、よう無事で来られた。もうこの世では逢えぬと思うていたが……」

と、言われる。

「私も、もうお逢いできない、と思っておりました。遣唐船来たるの報せに、望郷の念やみがたく、明州から駆けつけました。

それに、数度も日本へ渡られようとされた鑑真和上が、この機会を逃すはずがないと思っておりましたが、噂一つ聞こえて来ず、お訪ねもならず、龍興寺の方向を仰ぎ、ひそかにお別れを告げて参りました……

こうして、無事に海を渡られた和上にお目にかかれるとは、夢にも思っておりませんでした。うれしゅうございます」

と、普照が合掌すると、和上も居並ぶ弟子も合掌を返し、喜びを分かちあう。

その夜、星は天をうずめていた。古麻呂は、深い闇の中から聞こえる、生命の鼓動のような波音を聞いていた。

——普照さまが帰られ、鑑真和上にお逢いし、あんなに喜ばれて、本当に良かった——

と、ふと古麻呂が思った時、幻のように、揚子江口での船出のようすが目に浮かんだ。

船が動き出した刹那、碇泊中の小船に乗って、顔中涙だらけにして手をふっていた玄法と玄朗に気付いた時の衝撃が、今も心にうずくのだ。

破戒僧、玄法と玄朗が、み仏の教えを聞いて日常を生きていると言われていたが……

人間らしい思いを捨てず、高潔な魂を持ち続ける二人が、なぜ破戒僧なのか……

恋し、苦しみ続けたであろう二人の、何というやさしさをもっていたことか……。

二日待ったが、第一船はまだ着かない。人々の帰郷の思いは強く、結局、阿児奈波の人に、

「三つの船は、先に鹿児島に向かう」

と、伝言を頼んで出航し、島伝いに鹿児島に向かった。

鹿児島から、大宰府に、

「遣唐船、富士、播磨、速鳥の三船阿児奈波帰着　大伴古麻呂」

の早馬が発った。

その時、古麻呂は思い立って、真保郎女に手紙を走り書きして委託した。

「とり急ぎ、鹿児島に着く。仲麻呂さま乗船した『富士』は、阿児奈波を共に出たもののまだ着かないが、日ならずして到着するはず。唐国さいごの夜、仲麻呂さまは、

天の原ふりさけ見れば春日なる三笠の山に出でし月かも

と詠じられた。

古麻呂

姉上

」

十　月光

六角灯籠

真保郎女は、東大寺前の六角灯籠の笛吹童子を見ていた。

その流れるように美しい、浮き彫りの童子を見ていると、きまって仲麻呂の奏でる笛の音が聞こえるような錯覚にとらわれる。

体がほてり、何となく疲れていたが、あくことなく、真保郎女はその童子を見つめ、仲麻呂を感じていた。

どのくらいぼんやりしていたのか。

「まあ、どなたかと思いましたら……真保さまではございませぬか。そんなにぼんやりなさってはいけませんわ。あなたは本当に不幸なお人、女は、女として生きて、はじめて幸せですのに……」

と、坂上郎女が声をかけた。

「いいえ、私、今も私ほど幸せな人はいないと思っておりましたの。だって私、仲麻呂さまの愛を信じることが出来ますもの」

「まあ、ごちそうさま。でも、そうお思いになっていらしても、仲麻呂さまは、今どうしていらっしゃるか、分かりませんでしょ。

女は、抱かれてはじめて女になれますのよ。仲麻呂さまがどうしてもお忘れになれないのでしたら、仲麻呂さまだと思って、目を閉じて他の男に抱かれればよろしいのですわ。女になるために……」

「もしそうでしたら、女にならずとも、女の幸せはございます。

なぜって、私……私の心に住んでいらっしゃる仲麻呂さまと、この三十六年間、いつもご一緒に生きておりましたもの。

たとえ万里離れておりましょうと、たしかにご一緒に生きてくださる方に恵まれている幸せを、私はみ仏に感謝しておりますの。

ですから、私、はたで見るほど、不幸な女ではございませぬ」

いつにない、はっきりした真保郎女の言葉に、驚きながら坂上郎女は、

「そういうお幸せもありますのね。もしかすると、華やかな私より、ずっとお幸せなのかも知れませせぬ」

「ええ、私、仲麻呂さまを愛するためにだけ、生まれて来たのですもの……」

「ホホホ、ごちそうさま。私など、この手に触れなければ、愛など信じられませんの、感じる愛では耐えられませんの。私の方が淋しがり屋なのでしょうか。

でも、真保さまともあろうふくよかなお方が、とてもお痩せになってしまわれて……。とにかくお体が大切。お気をつけ遊ばせ」

坂上郎女は、いつものようにちょっと小首を曲げて微笑むと、急ぎ足で去って行く。

一人になると、真保郎女は、激しい疲れを感じ、六角灯籠によりかかった。

――三十六年間、ただ待ち続けて……――

と、悲しさがこみ上げた時、坂上郎女の「仲麻呂さまは、今どうしていらっしゃるか分かりませんでしょ」との言葉が、聞こえてくる。

言われてみれば、心のどこかで、仲麻呂さまは、唐の美しい女性と恋しているかも知れないと思ったり、仲麻呂さまはもうこの世の人ではないのかも知れないと思いたがる心を、一生懸命打ち消しながら、無理にも「待つ人のいることが幸せ」と思い込もうとしていたような……。

仲麻呂さまのことは、何一つ分からない。ただ分かっていることは、私が待ち続けているということだけ……。

呼んでも呼んでも、答えてくれない。

呼んでも呼んでも、風の吹く音ばかり……。

淋しすぎます。

幸せを祈ることしか出来ないなんて、

淋しすぎます。

でも……決して、お逢いできなかったから、それだけ深くお逢いできた……そういう逢瀬も人にはあるって、そう思わなくては、愛し続け、待ち続けた私があまりにも可哀想……

真保郎女は、激しく咳き込みながら、心で訴える。

――仲麻呂さま、こうして悲しさに沈める時、私は幸せです。悲しさに沈める時、たしかに仲麻呂さまにお逢いできるのですもの……――

「大丈夫ですか」

古麻呂の妻、宮売は、あえいでいる真保郎女に、声をかけた。

「ありがとう。大丈夫です。ただ仲麻呂さまのお作りくださった鏡がよく見えませんの、体を動かすのが、少し大儀になってしまって……」

「こちらへ、動かしてさしあげましょう。ここなら見えますでしょう」

宮売は、鏡を置き直してから、

「もう遣唐船が出て一年半になるのですから、今年のうちには消息が知れましょう。気をしっかり持って、仲麻呂さまが帰られるまで、頑張らなくてはいけませんわ。食事も、我慢して飲み込んででも、食べませんと、体力がどんどん落ちてしまいますから」

「ええ、ここまでお待ち申し上げたのですもの。仲麻呂さまが帰られるまで、どんなことがあっても死ねませぬ」

と、真保郎女は、弱々しく微笑む。

「そうですとも、三十六年も待ち続けたのですもの。仲麻呂さまの帰られる寸前なんですから、頑張ってくださいね」

と言いながら、宮売は大きく扉をあけ、

「さわやかな日和ですこと。鰯雲が一面に出て……」

と、真保郎女は、ゆっくり立ち上がって、宮売と並び、

「まあ、すっかり木の葉が色づいて、きれいですこと。木の葉も、やがて来る別れの悲しさゆえに、あんなに深い色になるのでしょうか」

宮売は、真保郎女の別れの予感を知って、ぐっと胸がつまり、言葉が出ない。

十二月の声を聞くと、真保郎女は立ち上がれなくなった。

もう何度も血を吐いて、胸の痛みにじっと耐え、体はすっかり衰弱していた。

「気力でもっているだけです。これだけ体がお弱りになって、どうして生きていられるのか、不思議なくらいです」

と言った医師の言葉が、体中にびんびん響いて、

――仲麻呂さまにお逢い出来ますように――

と祈ることしか、宮売には出来ない。

それでも真保郎女は、出されたものは何でも必死に飲み込んで、生きよう生きようと努めて

いたが、昨日、今日は、もう二口と食べられない……。

涙ぐみたくなった宮売に、真保郎女が、か細い声で、

「もう満月は過ぎましたの」

と聞く。

「いいえ、明日が満月です。この分では、明日もよく晴れて、きれいな月が見られましょう」

「ずっと床にいて、夜空を見ておりませぬ。明日、ぜひ私に月を見せてくださりませぬか」

仲麻呂とともに仰いだ月を、無性に真保郎女は見たいのだ。

「では、ごいっしょに月を眺めましょう。でもお寒いので、ほんのしばらくですのよ」

「ええ、一目でもいいのです。この世から息をひきとる前に、もう一度、満月を見たいのです」

「まあ、お気の弱い。もうすぐ仲麻呂さまが帰りますのに……、しっかりしてくださいね」

月が出た。宮売は、床を扉の傍らまで動かして、一ぱいに扉をあけ、真保郎女を支え起こしながら、

「仲麻呂さまが、どんなに真保さまとお逢いできる日を待っていらっしゃることでしょう。帰られるまで、頑張ってくださいね」

「ええ、私、どんなに消えてしまいそうになりましても……、生命の灯をともし続け、ともし続けて、仲麻呂さまをお待ち申し上げますわ。こんなにきれいな月が見られるのですもの」

「去年の閏三月に旅立って、もう師走も下旬、そろそろ、船の便りが聞こえていい時ですのにね……」

「……」

痩せ細った真保郎女は、天女のように美しく、やさしい笑みを浮かべて、月に合掌する。

神々しいほどのその姿に宮売が息を飲んだとき、
真保郎女の目から落ちる涙に、月の光が……。

「仲麻呂さま……」

とはっきり呼んですぐに真保郎女の手が、空を泳ぎ、

「月が……見えませぬ……」

宮売がはっとしながらも、やさしく真保郎女を寝かせた時、雑色が足音をしのばせながら走って来て、

「宮中に、遣唐船が鹿児島に着いたとの報告が入ったそうにございます」

と、一気に言う。

「まあ、真保さま。遣唐船が着きましたのよ、お分かりですか。真保さま」

「お便りが届いております。古麻呂さまから真保さまに……」

宮売が、雑色から、便りを急いで受けとり、

「真保さま、お便りお読みいたします。いいですか。

『とり急ぎ、鹿児島に着く。仲麻呂さま乗船した『富士』は、阿児奈波を共に出たもののまだ着かないが、日ならずして到着するはず。唐国さいごの夜、仲麻呂さまは、

天の原ふりさけ見れば春日なる三笠の山に出でし月かも

と詠じられた。　古麻呂』

真保さま分かりますか、仲麻呂さまが、三笠の山に出でし月かも……とお詠みになられたそうです」

と言って宮売がふり返ると、真保郎女は、かすかに笑みを浮かべ、二度と覚めない眠りについていた。

追記

○阿倍仲麻呂の乗った第一船は、阿児奈波（沖縄）に着いたものの鹿児島へ向かおうとして逆風のため安南（ベトナム）に漂着し、仲麻呂は長安に帰って再び唐朝に仕え、安南都護となってベトナムに行っていた。その間第十三回天平宝字三年（七五九年）、第十四回天平宝字五年（七六一年）、第十五回天平宝字六年（七六二年）と遣唐船は送られたものの仲麻呂はベトナムにいて気付かず、長安に帰り、大暦二年（七六七年、日本の神護景雲元年）在唐五十四年にして仲麻呂は長安に客死した。

この第十五回の遣唐船出航の時、大伴古麻呂は、橘奈良麻呂の変（天平宝字元年、七五七年）に連座し、すでに獄死していた。

第十六回遣唐船が出航したのは宝亀八年（七七七年）で、仲麻呂の死後十年であった。

○正倉院御物の中に日本をしのび妻を思う歌を刻んだ、遣唐使が特注したと思われる鏡が現存している。

○作中の真保郎女以外は全て実在の人であり、作中の真保郎女の歌は「万葉集」の作者不詳の歌である。

中津攸子（なかつ・ゆうこ）略歴

東京都台東区浅草に生まれる。東京学芸大学卒。元国府台女子学院教諭。日本ペンクラブ・日本文藝家協会・俳人協会・大衆文学研究会・国際女性教育振興会・全国歴史研究会各会員。市川市民芸術文化賞・市川市民文化賞奨励賞・中村星湖文学賞・北上市文化振興感謝状・市川市政功労賞・市川市文化スポーツ功労感謝状。千葉商科大学評議員・市川学園評議員。投稿誌『新樹』主宰。

【主な著書】

▽俳句とエッセイ

『風の道』角川書店・『風わたる』角川書店・『戦跡巡礼』コールサック社・『風の丘』・龍書房

▽小説

『小説　松尾芭蕉』新人物往来社・『真間の手児奈』新人物往来社・『和泉式部秘話』講談社出

版・『怨霊蒙古襲来』彩図社・『怨霊忠臣蔵』彩図社・『吉良義周の諏訪流し』日本ペンクラブ電子文藝館・『天平の望郷歌』新人物往来社・『流れ星・吉良忠臣蔵秘話』龍書房・『助産婦　吉野たま』真美社・『坪井玄道』千葉印刷・『大宮源次郎』三郷社・『義民・松丸徳佐衛門』千葉印刷・『北上に鬼剣舞あり』龍書房

▽歴史

『かぐや姫と古代史の謎』新人物往来社・『みちのく燦々』新人物往来社・『下総歴史人物伝』崙書房・『市川の百年』郷土出版社・『市川の歴史』市川よみうり新聞社・『戦国武田の女たち』山梨ふるさと文庫・『風林火山の女たち』総合出版社歴研・『蒙古襲来と東北』龍書房・『東北は国のまほろば　日高見国の面影』時事通信社・『万葉の悲歌』新人物往来社・『武田氏の祖は高麗王か』山日出版・『吉良上野介の覚悟』文芸社・『吉良上野介の覚悟』（電子出版）文芸社・『消されていた東北の歴史』龍書房・『万葉集で読む古代争乱』新人物往来社・『万葉集の中の市川』珠玉社・『やさしい日本の女性史』総合出版社歴研・『わがまち市川』郷土出版社・『令和時代に万葉集から学ぶ古代史』コールサック社

▽紀行文

『ロシア世界遺産紀行』千葉印刷・『南アフリカ世界遺産紀行』千葉印刷・『市川歴史さんぽ』エピック社・『京成沿線歴史散歩』エピック社・『葛飾を歩く』ＮＴＴ出版・『観音札所のあるまち行徳・浦安』中山書房・『沖縄世界遺産紀行』真美社・『インドネシア旅行記』三郷社・『こんにちは中国』崙書房・『スリランカ世界遺産紀行』新樹の会・『楽山・峨眉山・成都紀行』龍書房

▽エッセイ
『たった一つの真実』中山書房・『いろは歌』中山書房・『あなたのままでいいのです』龍書房・
『六輪の花』真美社
▽講演集
『真間の手児奈入水の謎』龍書房・『消されていた東北の歴史』龍書房・『二十一世紀の女性の生き方』龍書房・『宮本武蔵の覚悟』龍書房・『風林火山・武田氏の興亡』龍書房・『伝えたい家族のきずな』龍書房・『幸せに生きる』龍書房・『源義経の覚悟』龍書房・『東北の輝き』龍書房
▽絵本
『平将門』珠玉社・『曽谷の百合姫』すがの会・『奉免の常盤井姫』すがの会・『真間の手児奈』すがの会・『ぜんろくさん』三郷社・『ままのつぎはし』新樹の会・『宮久保むかし昔』三響社・
『市川にきた一茶』三響社
▽共著
『大日本鳥類写生大図譜』（山階鳥類研究所）講談社・『差別表現を考える』（日本ペンクラブ）光文社・『私を変えたことば』（日本ペンクラブ）光文社
▽その他
『詩歌をたずねて「旅の途中」』龍書房・『豊かに生きる』知活社

［編註］

本書は、今日からみると不適切と見なされる語句や表現が用いられている箇所がありますが、差別や偏見を助長する意図はないこと、また、作品の時代背景を鑑みて、原文のまま掲載しました。

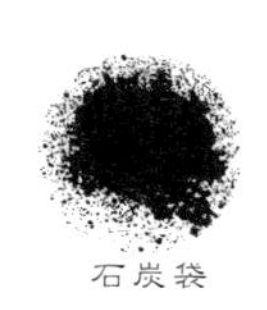

万葉の語る　天平の動乱と仲麻呂の恋

2019年11月27日初版発行
著　者　　中津　攸子
編集・発行者　鈴木比佐雄
発行所　　株式会社コールサック社
〒173-0004　東京都板橋区板橋2-63-4-209号室
電話　03-5944-3258　FAX　03-5944-3238
suzuki@coal-sack.com　http://www.coal-sack.com
郵便振替　00180-4-741802
印刷管理　株式会社コールサック社　制作部

装画／鈴木靖将　　挿絵／伊藤みと梨　　装丁／奥川はるみ

ISBN978-4-86435-419-6　C0093　￥1500E
落丁本・乱丁本はお取り替えいたします。